EU
ESCOLHI
NASCER

# THYAGO AVELINO
*pelo espírito Lucius*

# EU ESCOLHI NASCER

*Quando a paternidade e a maternidade são explicadas pelo coração*

academia

Copyright © Thyago Avelino, 2019
Copyright © Editora Planeta do Brasil, 2019
Todos os direitos reservados.

*Preparação:* Marcelo Rodrigues
*Revisão:* Vivian Miwa Matsushita e Rosane Albert
*Diagramação:* Abreu's System
*Capa:* Rafael Brum
*Imagens de capa:* imagenavi / Getty Images

DADOS INTERNACIONAIS DE CATALOGAÇÃO NA PUBLICAÇÃO (CIP)
ANGÉLICA ILACQUA CRB-8/7057

Avelino, Thyago
　　Eu escolhi nascer: quando a paternidade e a maternidade são explicadas pelo coração / Thyago Avelino; Lucius (Espírito). – 1. ed. – São Paulo: Planeta, 2017.
　　176 p.

　　ISBN 978-85-422-1530-4

　　1. Ficção espírita 2. Obras psicografadas 3. Espiritismo I. Título II. Lucius (Espírito)

19-0183　　　　　　　　　　　　　　　　　　　　　　　CDD: 133.93

Ao escolher este livro, você está apoiando o manejo responsável das florestas do mundo

2022
Todos os direitos desta edição reservados à
EDITORA PLANETA DO BRASIL LTDA.
Rua Bela Cintra, 986 – 4º andar
Consolação – São Paulo – Brasil – 01415-002
www.planetadelivros.com.br
atendimento@editoraplaneta.com.br

# Introdução

O cálice de Jesus foi disponibilizado aos servos enfermos para saciarem a intranquilidade que brotava neles em meio ao amanhecer ainda escuro e vazio. Os sonhos já não existem mais, a esperança já é coisa esquecida para muitos e o esperar com paciência e fé ninguém mais cultiva verdadeiramente.

No Departamento Lucius, a irmandade já se preparava para desenvolver trabalhos diferenciados, a fim de despertar a atenção dos encarnados prestes a deixarem a faixa vibracional terrena.

Nunca o retorno ao seio familiar espiritual havia gerado tanta expectativa e arrancado tantas lágrimas de seus moradores. Em Alvorada dos Sonhos, muitas coisas acontecem e, dentre elas, as mais importantes são os ajustes entre os dois "mundos" para o recenseamento final dos seres.

A cultura dos sonhos se enfraquece cada vez mais entre os encarnados e, por esse motivo, os pesadelos sempre os acompanham em suas decisões. Daqui vemos tudo e oramos pelo sucesso de cada criatura colocada à prova diante de tantas intempéries planejadas pelo Alto. Nunca foi tão difícil fazer uso dos sonhos como fortaleza para os descrentes da paz que, por sua vez, nunca mais repousou verdadeiramente no coração sangrento de feridas adquiridas no passado dessas criaturas.

Ah, Alvorada iluminada! Banhe-me com todo o seu resplendor e guie-me neste caminho de paz. Aliás, a paz que todos buscam e ninguém imagina que está tão próxima reside no fato de cada criatura exercitar a religiosidade interna e individual, amadurecendo-a dia após dia, por meio de seus princípios morais e vivências espirituais atreladas aos descaminhos de outrora.

Em verdade, é de extrema importância viver em muitas alvoradas, no sentido de facilitar a ampliação dos sonhos até a realização paulatina de cada espectro envoltório. A chama de Deus, força infinita regente das vibrações existentes, nunca se apaga com o cultivo dos sonhos no grande desabrochar da vida.

Recomeçar, quantas vezes for necessário, nada mais é do que um trato de humildade e de verdade primeiramente de você consigo mesmo, deixando de lado muitas frustrações e aprendendo a se desapegar dos antigos parceiros de jornada.

Na chegada dos enviados à faixa vibracional terrena, atabaques, flautas, harpas e tantos outros instrumentos são tocados com a intenção de promover os últimos ajustes à grande recepção da massa empobrecida de sonhos imaginados e realizados. Muitos deixaram de realizar seus sonhos, abnegando-se supostamente em prol do outro, com ilusões de que, agindo desse modo, seguiriam caminhos corretos e límpidos. Pobre espírito, nada tem e não subirá à morada! Os desencontros consigo mesmo provocam ilusões deturpadas e enlouquecidas diante da caminhada planejada muito antes de se começar a viver.

E o que dizer dos vícios? Estes foram colocados na jornada de cada um com o propósito de servirem como obstáculo proposital para a evolução material e espiritual, uma vez que não adiantaria proporcionar caminhos vindouros para todos, a menos que escolhessem passar pela provação e expiação como futuros discípulos de Cristo.

Com isso, a carne vai padecendo e a ilusão de conforto e vida social equilibrada vai sendo plantada nas mentes insanas com o objetivo de justificar algo para o qual nem sempre há uma resposta clara.

Torturadores de si mesmos, suicidas de muitos... Nada realmente será como antes. Nada mais se compara à pureza de outros tempos... Cada vez mais, cálices pesados são oferecidos aos irmãos enfermos, contudo poucos conseguem alcançar a tão sonhada paz de espírito apenas com a leveza do corpo. Naturalmente, antigos hábitos foram mudados por quem entendeu a mensagem, contudo a inércia foi a resposta de tantas outras pessoas.

A evolução é contínua e nada justifica o freio no agora. Atualmente, a rebeldia dos estudantes representa falta de postura para consigo mesmo, revelando desrespeito e, posteriormente, levando-os a abismos de difícil acesso para que se possa organizar um futuro resgate.

A chama acesa para um despertar da fé não pode ser apagada por qualquer ventania leviana, principalmente quando não se está sozinho na jornada.

Muitos dependem de você e muitos já criaram vínculos inquebrantáveis, mesmo que discorde. Sei que você é o capitão dessa embarcação, mas é preciso que haja tripulantes amigos para ajudá-lo a superar obstáculos difíceis em momentos tão chorosos e desesperadores.

Acalme-se. A esperança nos sonhos não está perdida por completo e nada será capaz de tirar o seu sossego. A mudança de postura não é coisa fácil, principalmente quando abutres sussurram em seus ouvidos dizendo o contrário, insistindo na permanência de suas experiências desastrosas, repletas de amargura. A palpitação vem e vai como ondas de ressuscitação em busca de novos colaboradores.

Tenha a certeza de que a chama que arde agora dói menos naqueles que nada sabem sobre tantas verdades. Isso ocorre porque grande parte das verdades está escondida no escaninho da memória, empobrecida e enfraquecida pela preguiça de continuar a sua jornada para aprender na prosperidade anunciada.

A calmaria volta a reinar em seu peito e nada será como antes depois de alguns alertas aqui dados e facilmente entendidos por meio de leituras sem vícios de sempre querer o que for mais conveniente para si e mais confortável diante de suas enfermidades reabertas com dúvidas fajutas e desastrosas.

Não me culpe se a mão foi estendida e a imensidão do seu inferno astral não lhe permite enxergar o que muitos já perceberam e degustam. Talvez mais leituras e disciplina na sua vida servirão como fórmula introdutória para os resgates iniciados e conturbados com a mesquinharia do desapego necessário.

Entenda que as coisas definitivamente já não são mais como antes, não dá mais para descartar tudo o que foi vivido e despertado em você. Se antes padecia na ilusão dos sonhos envoltos somente na prosperidade material, hoje pode entender que o magma espiritual é a capa envoltória justa para equilibrar muitas palavras e atitudes do agora.

Se assim não fosse, onde você estaria? Duas opções: a primeira, com o corpo apodrecido e mais uma chance perdida por antigas preguiças; a segunda, com o corpo ainda encarnado, porém maltratado com chagas de vaidade, potencializadas por amigos ocultos e com identidade desconhecida. O que acha?

Não me responda agora porque não tenho pressa em receber suas justificativas enfadonhas e infundadas. Somente depois de uma longa caminhada você poderá responder a si mesmo o que realmente está fazendo encarnado e como a grande alvorada de todos os seus sonhos poderá ajudá-lo a despertar para caminhar com mais lucidez no dia a dia.

A cada batida do seu coração, a cada pulsar em suas veias, sinta-se como uma máquina necessitada de reparos constantes e encare a leitura como um desses reparos.

A palidez se liberta do agora para que o campo energético seja preparado para aquilo que sempre desejamos: o questionamento no aprendizado. O contrário são falácias da preguiça que você insiste cultivar e ninguém mais entende o porquê. Ao despertar para si mesmo, irá se dar conta de que ainda tem muito a aprender, deixando vícios oportunos de lado para verdadeiramente andar de acordo com os seus paradigmas morais. Não quero questionar nada daquilo que já foi experenciado, mas apenas o que será vivido de agora em diante.

# Capítulo 1

Sem a ordem suprema da espiritualidade, fenômenos sobrenaturais começam a conter-se e a palidez nos rostos dos que ficam é evidenciada com intranquilidade sobre o destino traçado do que segue em processo de desacoplagem. O que ainda nunca foi pensado começa a ter um fim e um começo diante da confusão mental dos que cumpriram a jornada na faixa terrena. Aos poucos, os socorristas se aproximam e os Mestres ordenadores das tarefas também se aproximam para recrutar os novos destinos dos recém-chegados.

Em Alvorada dos Sonhos os papéis são ordenamentos da mente que assume compromissos sérios com a subida gradual e infinita na grande escadaria da vida. Nos laboratórios de Xanadu, as incubadoras trabalham para a reutilização plasmática dos espíritos já amadurecidos em etapas, desde que chegaram à colônia.

Em Alvorada, as correspondências entre os dois mundos se tornam assunto de grandes palestras nas universidades e o sonho, cada vez mais recorrente, revela-se tema de fácil entendimento pelos Mestres, sempre dispostos a compartilhar o conhecimento das grandes bibliotecas secretas, cujo saber poucos ainda detêm.

O acesso ao conhecimento das bibliotecas se dá por meio da jornada de mentes desapegadas do egoísmo ainda recém-absorvido e vivenciado por anos na faixa terrena. Sempre há motivos para grandes disputas entre os seres em experimentação que ali se encontram. Muitos ainda sobrevivem com a angústia de não se permitirem sentir, como se os sentidos ficassem escondidos em longos buracos negros do passado.

Nesse ponto, a mente não consegue mais controlar o que é retido daquilo que flui por meio de esperanças difundidas nas propagandas de escolhas dos filhos dos sonhos das mulheres criadas perfeitas para a autoafirmação que poderia nunca ter existido. O cuidado com tais mulheres é acompanhado pela equipe de Mestra Goia, que tem especialização em comandos de fertilização, juntamente com Mestre André, que a auxilia nas investidas da reprodução humana.

A seletividade de quem vai e de quem fica sempre é uma tarefa criteriosa que passa por longos estudos comportamentais feitos pelas equipes de Alvorada. Isso ocorre porque os sonhos não podem ser desprezados, independentemente de quem sonhe.

Assim como uma antena que capta as mensagens enviadas por vários comandos vibracionais, Alvorada segue como um destino certo para mães aspirantes a formarem outro ser humano na faixa terrena. Algumas delas passam anos planejando as características dos afortunados filhos; outras, são surpreendidas com a notícia da maternidade mesmo sem nunca terem se planejado para isso.

Afinal, viver sob o comando de outro ser humano, mesmo que seja por mínimas duas décadas, é responsabilidade daqueles que acompanham o fluxo energético de necessidades reais. Pode aparentar ser fácil o rodopio de intranquilidade corporal, mas os laços espirituais nem sempre são pensados ou mesmo compreendidos.

Em Alvorada, as responsabilidades são divididas entre quem escolhe e quem recebe a cápsula de manifestação corpórea. Tudo é feito de maneira harmônica, mesmo com os antídotos do esquecimento no momento de efetivar o propósito no parto comunal. A repercussão é notícia que imediatamente segue para o hospital receptor guiado por Mestra Goia, e é distribuída para os fractais afins em uma vibração simultânea, para que a experiência terrena seja cumprida de maneira majestosa.

Ah! Como os Mestres trabalham sem parar. Os sentimentos de um determinado Mestre são diluídos por meio de infinitas atividades desenvolvidas em que não há como identificar um estudo real do comportamento nem oscilações de consciências. Aparentam uma integralidade contínua no pensar, como um desabrochar de flores sem o pertencimento inicial do plantio.

Por algumas vezes, pensei que Mestra Goia jamais havia superado experiências de corrupção da mente. Também nunca pensei que Mestre André tivesse superado monstros da mente para que a iluminação do fazer infinito seguisse com fluidez.

Durante muitos dias em Alvorada tive a satisfação de participar de grandes palestras que somente edificaram a minha caminhada para transmitir o máximo vivenciado naqueles mergulhos no saber e no redescobrir que Deus está bem mais próximo de cada fagulha divinal do que imaginamos quando estamos perdidos nos abismos mentais.

Agradeço a Mestra Goia por todo o aprendizado enquanto estive hospedado naquele espaço de consciência fluido. A fluidez é adquirida por meio do desapego, com o propósito de não mais pensar sobre o passado. Tudo segue como um fluxo natural que somente os Mestres são capazes de aplicar com leveza e em uma transmissão majestosa de amor incondicional.

No pátio do hospital de Alvorada existe uma fonte que transborda amor incondicional. Os leitos são ajeitados em formato de círculo e a mente de cada residente é direcionada para essa fonte. As limpezas na aura são inevitáveis, e muitas reações são reveladas com os primorosos remédios aplicados, dia após dia, em cada enfermo.

A noção de tempo e espaço se perde com a leveza do ambiente e a rapidez dos processos curativos. A precisão do ponteiro curador é tecnologia ainda não disponível e, portanto, não materializada na Terra.

Os sóis em Alvorada são chamas ardentes que transmitem paz. Muitos se banham e reprogramam de imediato a consciência ainda eivada de saberes desnecessários e doentios. Depois do banho de sóis, o espectro desprende as angústias de outrora e entra em contato com a essência de cada ser.

Não poderia esquecer de mencionar o encontro com alguns que chegaram ao laboratório de Xanadu e discretamente foram acolhidos com amorosidade infinita. Irei relatar algumas dessas experiências, principalmente sobre as gestações planejadas pelos laboratórios daqui em parceria com os da Terra.

Certo dia, durante um banho de sóis, aproximou-se de mim uma senhora que aparentava ter 65 anos terrenos e, aos poucos, iniciou um diálogo surpreendente comigo:

— Posso me sentar ao seu lado? — pediu a senhora.

— Sim, aproxime-se. A companhia enriquece o que já sabemos e desperta reflexões sobre muito do que ainda temos a aprender.

— O senhor é filósofo em Alvorada?

— Não, sou um condutor de mensagens para determinadas moradas e estou aumentando o meu campo vibratório para participar de alguns resgates que acontecerão em poucos dias. Além disso, pretendo auxiliar Mestra Goia nas fecundações necessárias de espectros que voltarão à faixa terrena.

— Quem é Mestra Goia? — perguntou a senhora, que até então não havia se identificado.

— Tive poucos encontros com Mestra Goia, mas pelo que percebi, é uma imantação de muita paz e sabedoria, capaz de amar a todos sem distinções.

— Mas o que você me diz a respeito dela é algo natural para quem atingiu esse nível energético, não?

— Sim, mas a Mestra tem um olhar cintilante que transmite paz e sabedoria onde estiver e, mais ainda, quando ela lança o olhar para qualquer criatura.

— Entendi, mas ainda não alcancei a ampla compreensão.

— Vou tentar explicar melhor — disse para a senhora que cada vez mais demonstrava interesse no meu saber.

— Mestra Goia seria a comandante do sistema de fertilização deste lugar e, para exercer tal cargo, detém paz e sabedoria. Seria isso?

— Sim. Tanto a paz como a sabedoria são características naturais dos Mestres. Aproveito, ainda, para perguntar como posso chamá-la?

— Pode me chamar de sua consciência.

— Como? — perguntei assustado.

— Sua consciência. Isso mesmo que ouviu. Em muitos momentos da existência, a consciência se desloca e se personifica em outra pessoa para facilitar a comunicação.

— Nunca tinha pensado nessa possibilidade.

— Por isso o sigo há muito tempo, aguardando o momento exato para chamar a sua atenção aos olhares para si mesmo, principalmente ao me ver sob outro ponto de vista.

— Agradeço a sua presença e percebo que preciso conhecer melhor Mestra Goia para depois falar, conceituar, difundir.

— Concordo com você. Saiba que estaremos juntos até o infinito e precisamos nos cuidar para que a convivência seja pacífica e estejamos sempre conectados.

Após alguns instantes de silêncio com o término do diálogo, a senhora se levantou e seguiu para o horizonte dos raios de sóis, desaparecendo rapidamente. O meu campo mental ficou extremamente sensível após a saída da senhora que representava uma das minhas personificações.

O diálogo me fez refletir que precisava aprender muito mais antes de definir pessoas com as quais ainda não tivera alcance de maior profundidade. Refleti, inclusive, se eu não estava julgando a Mestra de acordo com os meus próprios conceitos. Mas tudo foi se acalmando com o passar dos dias, conforme os banhos de sóis se repetiam.

Muitos saberes e muitos deveres eram transmitidos em cada banho, parecia que as minhas manifestações conscienciais desejavam me mostrar algo que eu ainda não tinha percebido.

O propósito dos encontros e desencontros mentais precisam ser avaliados e ponderados com muita cautela para evitar que o outro seja exatamente a personificação do eu que excluo de mim por traumas e frustrações jamais revelados.

A independência dos conceitos sobre as diretrizes era matéria de aula para que a sutileza na humildade em informar a limitação do conhecimento fosse evidenciada com maior rigor. O primeiro passo para se encontrar no meio da sutileza de Alvorada é deixar ir sem se perder. No entanto, quando você insiste em deixar ir, mas se mantém no controle até onde consegue ficar, tudo já está perdido, mesmo que você ainda acredite que não tenha perdido nada.

Os seres humanos caminham a passos largos e majestosos em busca do sobrenatural e se esquecem de que a essência está mais fácil de ser alcançada com o simples olhar de fora para dentro. Perceber-se por meio de provocações é primazia não sentida, contudo acolhida em si mesmo.

A primeira vez que cheguei em Alvorada percebi que o campo vibratório desse lugar é permeado de muitos sonhos, cada um com seus anseios de voos maiores e mais altos. Em instâncias conscienciais elevadas, o ser humano retido na carne possui limite de acesso para, principalmente, resguardar o equilíbrio mental.

A cápsula de imantação vibratória nesse lugar não consegue permanecer por muito tempo com o simples olhar para dentro, sem a exaustão do que realmente está disponível para executar em benefício do outro. O júbilo dos homens de orações é ponderado com os louvores das mulheres de oração a fim de identificar o caminho mais coeso para se chegar nas moradas infinitas do Pai.

Acredito que, em poucas palavras, pode-se definir o incontestável, principalmente quando o amor é colocado de maneira a aprimorar as relações. Os dons de cada ser que decide voltar à Terra é avaliado por Mestre André para não caírem nas artimanhas dos desvios na mistura entre a personalidade (corpo) e os votos de manifestação (espírito).

Mestra Goia precisa ser apresentada com maestria de conceitos e, ao mesmo tempo, imagino uma descrição subjetiva do que seja luz. Porque luz não se explica muito, desde que não esteja em condensamentos afins para gerar algum tipo de conceito sobre algo necessário a ser sabido.

Alguns conceitos passam despercebidos pelo fato de não haver qualquer coisa que venha a distorcer a realidade coberta pelas vestes da ilusão, fomentando as trocas pela fé ao longo de anos.

O aprender vem com a misericórdia de "ser" e "estar" ao mesmo tempo. Essa tarefa é entregue aos grandes comandantes da esfera do Bem Maior. Saber e compartilhar é outra tarefa digna dos Mestres da mais pura luz, que a transmitem na velocidade desta para todos os patrulheiros de conhecimento. As escolas, as universidades espirituais, escolhem os antigos decaídos para que, por meio das artes, possam explorar com leveza e sensatez tudo o que já haviam descoberto e não aproveitaram.

O ser humano sensato é aquele que recebe o aprendizado e o internaliza como verdades possíveis de responderem aos saberes adquiridos até agora. O remanescente pode ficar guardado para as outras etapas da vida que não se conclui com um simples fechar de olhos.

Quando o ser humano transmuta em possibilidades a energia da morte, muitas correntes são quebradas de uma única vez para que o fluxo prossiga sem interrupções. Os prazeres vão sendo percebidos pelo tato com responsabilidade do agora e transmitidos por falas coesas do que sempre está a aprender.

Estudar, estudar e estudar. Fórmula possível para todos, embora muitos não possuam a obstinação de continuar nas leituras, principalmente quando apresentam uma escrita mais robusta. A conformidade com o pouco pode ser uma armadilha para o engessamento de mentes dos que se encontram na faixa terrena, tornando-os eternos seres em férias do propósito planejado. Saber ou não saber o propósito em nada influenciará, pois o caminho continua disponível por meio dos sinais enviados nas crenças individuais de cada criatura.

O amanhã segue como a navalha de Alvorada dos Sonhos, podendo gerar a frustração de jamais ter saído do lugar de origem. O princípio do todo e, ao mesmo tempo, a fração desse campo fazem com que muitos encarnados e desencarnados sintam vontade de prosseguir na caminhada, não importa o que aconteça.

Nada mudou desde que você iniciou esta leitura, mas tenho a certeza de que algo muito maior se movimenta em sua mente para compreender o que necessariamente você precisa absorver. A cada leitura, muitas palavras são aproveitadas na busca inebriante por notícias dos que já não atuam na faixa vibratória terrena e até mesmo de você, que ainda caminha pelas ruelas da vida com a obstinação de ter alguém para si.

A paternidade e a maternidade em alguns casos analisados nascem com a solidão veicular de não ter ninguém que o obedeça e o escute no seu tempo. O egoísmo vai sendo plantado como obra fundamental para preencher o impreenchível diante da vontade de quem efetivamente precisa estar no campo da Terra. Duas frequências energéticas em um único espectro.

"Ser" e "estar" ao longo da jornada é tarefa diferente de seguir e assumir qualquer personagem possível de ser construído pelos medos fantasiosos. A mente, mais uma vez, é chamada para a responsabilidade, independentemente de como a saúde esteja no presente. Afinal, palavras criptografadas são como remédios depositados nas mentes sãs para que sejam reveladas como mentes naturais do "estar" e "ser" com o pertencimento real de dentro para fora d'alma.

Mestra Goia ensina que, a cada liberação de encarne saído de Alvorada, a jornada deve sempre ser planejada e as habilitações para se tornar pai e mãe estão incluídas nesse saber estudado, desde o aceite da concepção embrionária.

As sequelas da vida familiar corrompem o saber dos incrédulos embriões diante da imposição da insanidade do gesto carinhoso de acolher. Mas... Tudo partiu de um longo estudo nos laboratórios mais próximos das colônias habitadas no passado.

Há espíritos que se negam a retornar para a colônia de origem pelos medos do embrutecimento da essência. Esquecem-se de que tudo o que viveram é parte integrante de cada um e, as experiências, boas ou não, são uma realidade que irá acompanhá-lo para sempre. A conexão sempre esteve presente com os saberes e oportunidades. Uns utilizam de maneira coesa com a ressignificação do estar e do pertencer a diferentes moradas. Outros apoiam-se nas ilusões incompreendidas para justificar a ausência de respostas imediatas pelas bengalas eleitas e pelos esconderijos transparentes.

Nessa história de vidas e mortes, os seres encarnados detêm a chance de alcançar níveis de sutilização crescentes com as pílulas de sabedoria distribuídas ao longo de dias, meses ou anos de caminhada. Estar na experiência é fenômeno surpreendente e serve como base de desapego que anteriormente não se pensava ser possível. A magnitude do estar é o pleno poder de suplantar a inquietude da alma em pertencer ao corpo, sendo que ao corpo cabe a gratidão pela oportunidade de estar.

Quando a mente vai se aproximando desse poderio energético, muitas colônias são acessadas, principalmente em sonhos.

Diariamente, a maioria dos encarnados é levada para a Alvorada dos Sonhos com a finalidade de receber as primeiras diretrizes no processo de escolhas das pessoas, dos fatos, dos atos e dos comportamentos aos quais seriam submetidos na faixa terrena.

Ao chegar no campo terreno, a mente sofre alguns choques para que a utilização seja iniciada com cinco por cento da capacidade de lembranças e para que os demais arquivos disponíveis sejam acessados aos poucos, a depender da prática de religação com os patamares psicoconscienciais.

Com isso, explica-se a não conceituação do ter e ser na completude em relação ao carma registrado nos livros de ancestralidade e que, em alguns sonhos, são revelados, enquadrados como meras descargas cerebrais.

# Capítulo 2

Nas hostes cerebrais, muitas manifestações são possíveis para que o alcance seja inédito do estar no agora e do estar presente no momento para ser e pertencer na infinidade do apagar da potencialidade escondida. Revela-se que o campo cerebral, quando provocado pelas inquietudes das membranas energéticas mediúnicas, corresponde ao poder de ampliação do facho de conexão entre os diversos campos vibracionais existentes no Universo.

A única canção vivenciada e sabida pode ser compreendida com a sonoridade da vida em silêncio ou com provocativos de músicas inspiradas para chegarem aos seus ouvidos como convites a acessos distintos. Os registros cármicos vão sendo abertos a cada passo que a irmandade de luz possibilita à exaustão na transmissão dos saberes já conhecidos e ainda não compreendidos como pertencentes a si.

Afinal, no psicodrama da vida terrena, vale mais quem se habilita a passar como incompreendido para ser excluído da credibilidade dos poucos e aprimorar-se nos saberes dos muitos a fim de chegar à compreensão de estar exatamente no lugar necessário.

As gestações continuam sendo o alvo de muitos espíritos que anseiam por uma oportunidade de aprendizado, de luta, de incompreensão, de palidez, de orações, de resgate de almas. Os pagamentos são executados de várias formas, algumas delas nem são planejadas com exatidão. O importante passa a ser a recepção do conhecimento dos diversos canais de transmissão e dos vários lugares onde a oportunidade manifeste plausibilidade.

O Comando aquece a alma dos afortunados de compaixão entre si, no despertar infinito do amor-próprio para a construção do amor incondicional no coletivo. Amar o outro sem distinções é tarefa para missionário sabedor de seu propósito natural do "estar" e "ser". Trata-se de tarefa árdua, mas completamente possível com a credulidade dos seres imantados de conhecimentos compartilhados nas mensagens chegadas às mesas dos desbravadores de mentes.

Enquanto eu aguardava uma palestra de Mestra Goia, recebi a carta de um rapaz que precisava da transmissão de uma mensagem para conquistar a quietude mental. Tratava-se de uma das minhas primeiras tarefas em Alvorada, isto é, filtrar as histórias e seguir nos aconselhamentos coesos, equilibrados.

A história narrada na carta começava assim...

"Meu nome é Fioluz, desencarnei com 23 anos de idade em um acidente automobilístico. Num primeiro momento não tive a noção do que estava acontecendo com o meu corpo, muito menos com a minha mente. Parecia que eu tinha sido atirado ao meio de uma avalanche para me perder dentro de mim mesmo. Sentia como se um grande aspirador me puxasse para dentro de um túnel com uma luz muito forte que ofuscava os meus olhos. Quando não mais aguentei resistir, senti o meu corpo ser repartido e perder-se em pedaços; fui sendo minimizado até me transformar em fagulhas de consciência, mesmo que naquele momento não tivesse essa percepção. Em alguns instantes, tive a nítida visão da concepção e multiplicação celular que dera origem ao corpo que eu estivera usando até o meu desencarne. A velocidade era muito forte, eu me transformava a cada dia e percebia os ruídos externos com maior precisão. No início eram muitos choros e brigas, até pensei em desistir, mas algo maior me dizia para prestar atenção na formação do condensamento celular que logo se tornaria um corpo. Às vezes, o espaço intrauterino parecia muito apertado, principalmente quando minha mãe brigava com meu pai. Ela ficava tensa e eu mais ainda, sendo que os músculos dela me comprimiam com muita força. Fiquei nesse descompasso por alguns meses, sem ter noção se eu era ou não filho do meu pai, diante das acusações lançadas contra minha mãe. Antes de mim, alguns abortos já tinham sido feitos e eu representava a resistência às imposições do meu pai, sempre acostumado a ser obedecido em seus caprichos. Minha mãe teve que ser uma guerreira para suportar a minha evolução sem se deixar seduzir pelas promessas fantasiosas de lazer e diversões do meu pai. Eu estava com tanto medo de sair do lugar que já havia me acostumado a morar ali. Quando senti os músculos de minha mãe começarem a me expulsar, meu coração bateu forte e fui expulso para o lado de fora, ou seja, para o lado onde a ilusão poderia ser minha professora ou minha pior inimiga. Fui retirado bruscamente por um médico que confirmou a fisiologia masculina, e deu-se início à minha segunda jornada, abandonando a primeira, na zona intrauterina. Eram muitas coisas novas para mim, fiz bastante força para ficar e meus pés nasceram tortos. Por essa razão, foram colocados gessos com a finalidade de amoldar os pés ao padrão dos membros inferiores. A vida foi seguindo, e sempre em meu quarto sentia e visualizava alguns seres os quais não conseguia identificar de onde vinham ou quem eram. Por muitos anos dormi com muito medo da escuridão, parecia que algumas vezes eu voltava para o útero de minha mãe e todas as lembranças traumáticas reapareciam num passe de mágica. A adolescência chegou e os prazeres me foram despertados logo cedo. Não podia compartilhar determinados assuntos com ninguém. Era somente eu no mundo criado por mim e por minhas ideias. Tinha fé em Deus, mas não conseguia me apegar a nenhum santo. Eu seguia sendo o senhor da minha própria história, parecendo um barco à deriva, que seguia para algum lugar sem rumo. No início da minha juventude fui apresentado a bebidas alcoólicas e nelas depositei todas as minhas expectativas de curar os meus traumas de outrora. Naquela época, não tinha noção de quantos espíritos já se apoderavam do meu fluido energético. Não queria pensar neles, tampouco desejava senti-los ao meu redor. A felicidade às vezes parecia não ter fim, mas quando abria meus olhos no dia seguinte tudo voltava do jeito que era e eu não queria pertencer a essa realidade. Meus deveres como uma pessoa bem-comportada estavam sempre em ordem, entretanto a inquietude interior crescia e se apropriava cada vez mais, como se dois seres estivessem vivendo em um único corpo. Em alguns momentos não me reconhecia nas atitudes que tomava e a que me submetia. Era enlouquecedor estar e não ser nada, apenas na certeza de que eu precisava permanecer embriagado para alcançar a tão esperada felicidade. Eu estava cada vez mais me expondo a riscos automobilísticos, já não sabia quem estava no comando do meu corpo. E, em uma manhã aparentemente igual a tantas outras, ao retornar do meu trabalho, fui surpreendido com uma colisão brusca de um caminhão que surgiu na contramão e atingiu frontalmente o veículo que eu dirigia sozinho. Nessa hora cheguei ao início do meu relato, porém, naquele momento, ainda tive acesso à maneira como fizera minha escolha de reencarne na faixa terrena. Lembro que estudei bastante o comportamento do meu pai e da minha mãe, assim como o de toda a família. É nesse instante que as afinidades de completude de propósito nos coloca para as opções de filiação. Nossas histórias já haviam se cruzado e, nessa oportunidade, eu queria mais uma vez estar com eles sob o propósito de levar o amor incondicional da colônia na qual eu estava abrigado. Com uma espécie de telescópio, todas as noites eu os acompanhava nos sonhos, fazendo com que se acostumassem com a minha mínima presença na vida deles. Fiz ensaios que duraram alguns dias e poucos meses. As experiências narradas nesta carta me pareceram um grande sonho e agora estou no leito de recuperação em Alvorada, precisando de auxílio. Não sei para quem será direcionada minha carta, mas tenho a certeza de que receberei as melhores orientações para o momento. Abraço e agradeço o respeito de ler a minha breve história."

Ao terminar a leitura da carta, fiquei muito emocionado diante do adormecimento de Fioluz. Mergulhei nas entrelinhas da escrita e senti o vazio existencial daquele jovem à exaustão. As escolhas planejadas da filiação foram prejudicadas com a inexatidão do déficit de atenção gerado desde a zona intrauterina. Os senhores da luz, acompanhando o desenrolar dessa história, vibravam para que durante os sonhos o despertar mínimo para a completude da vida pudesse acontecer. Senti uma forte dor em meu peito e um sentimento de sufocamento também. Afinal, não deve ter sido fácil viver durante anos na escuridão da alma. A escolha do término da jornada também me colocou em reflexão profunda para o que exatamente aquele rapaz estava destinado a ser e estar. E nesse fluxo de emoções, passei dias fazendo anotações para responder a carta com orientações de magnitude de elevação do padrão de consciência.

Eis a minha resposta:

"Amado Fioluz, compartilhei suas aflições como se fossem minhas para que pudesse efetivamente estar em sua história e reproduzir as melhores diretrizes para o seu aconchego e sua aparente frustração de propósito. Na primeira leitura tive a sensação de que houve uma interrupção antecipada de jornada, mas não quis me apegar a esse detalhe para lhe transmitir o meu aconselhamento. Você foi um menino muito corajoso e determinado, principalmente diante dos primeiros sinais de que sua estada não seria fácil com a filiação escolhida. Prosseguiu como um guerreiro e, mesmo no caos da escuridão da mente, em condições mínimas, buscou entender a sua alma diante da religação solitária e amparada por Deus, sem intermédios de santos. Ainda, buscou na bebida alcoólica a felicidade tão almejada e nunca alcançada. Por isso, não se sinta culpado, afinal você estava usando dos armamentos que conhecia até aquele momento, isto é, fazendo o melhor que podia. O mergulho na alma proporciona caminhar de forma sólida sobre pilares da jornada construídos com muito amor. Acredito também que hoje você manifesta um amor profundo por aquele que um dia o privou do amor da paternidade em sua plenitude. Em relação a essa energia, deixe-a fluir nas águas que seguem, lavando e retirando do seu espírito as impressões do que o outro, de forma limitada, tinha para lhe entregar. No seu caso, a paternidade é uma tarefa apaixonante para que o projeto executado siga em conjunto com a concepção, mas também pode ser uma participação com que muitos se envolvem somente no momento da reprodução. Tenho a certeza de que outras pessoas, apesar de masculinas ou femininas, transmitiram a você um amor paternal profundo e de bastante proteção. Do mesmo modo, a mulher que você escolheu para ser sua mãe também quis protegê-lo de muitos calabouços repletos de sentimentos prejudiciais à sua construção corpórea. A ela todo amor sem julgamentos também. Muitos na sua situação teriam repulsa ao nascer, pois o cenário não era muito favorável à sua chegada; mas você confiou as primeiras diretrizes da sua existência no planeta Terra a essas pessoas. Lembra? Não percebi queixas em suas palavras, senti um desabafo e um pouco de frustração por não ter despertado para o seu propósito. Por que exatamente você retornou ao planeta Terra no campo visual do condensamento molecular? Essa pergunta não foi respondida por você diante das inúmeras fugas que empreendeu para evitar estar consigo mesmo. Agora, pense que o melhor lhe aconteceu, isto é, o retorno para o campo etéreo, possibilitando o restabelecimento do padrão consciencial. Aproveite a estada e todos os cuidados que vem recebendo, e aceite o meu convite para integrar a universidade de sonhos. Nela você poderá ressignificar seus registros cármicos e crescer consciencialmente. Aguardo você na próxima troca de conversa, durante o banho de sóis. Muita Paz."

Após a escrita sincera, entrei em estado de elevação e conexão com as partículas conscienciais existentes no campo energético de Alvorada e enviei a resposta ao jovem Fioluz, que necessitava das instruções preliminares.

Nas entrelinhas, percebi que para uns a paternidade e a maternidade são doenças; para outros, funcionam como obrigações de autoafirmação; e, para tantos outros, como um descuido derradeiro de negligências da mente sonâmbula no campo terreno. A caminhada parece seguir com animosidade para aqueles que detêm o cálice da sabedoria vazia de estar sem ser, residentes nos abismos da mente e frequentadores de mesas mediúnicas em busca de uma chance qualquer nas hostes corpóreas de qualquer ser humano. Ledo engano.

O planejamento segue como garantia da glória dos rabiscos executados no encarne, mas com exatidão diante dos livros de registros históricos de continuidade da essência primária.

# Capítulo 3

O envio da mensagem foi imediato, sendo que Mestra Goia sempre recebia uma cópia do que fora escrito pelos trabalhadores da seara Lucius.

Trata-se de uma medida de precaução diante da dosagem do amor incondicional que deve permanecer na medida da coesão e da infinidade do aprendizado. Aos poucos, eu prestava mais atenção nas observações advindas do campo de recuperação de fertilização e envios das cápsulas de implantes conduzidos sob o auxílio de Mestre André.

No Departamento Lucius, aprendi que o amor inebriante do Bem extrapola os limites absorvidos enquanto houver a experiência do encarne. Lá, tive a satisfação de contar com o auxílio de Mestres que somente criaram em mim uma robustez de infinita consciência, possibilitando estar em diligência espiritual e, ao mesmo tempo, promover a escrita de longas experiências das colônias visitadas.

Mais adiante falarei das palestras sobre a paternidade, a maternidade, o poder de escolha para o encarne, a composição dos corpos sutis entrelaçados com o feixe consciencial e sobre os vários níveis de consciência que interligam as várias casas existentes no cosmos.

Afinal, a ampliação do saber para o mergulho em outros mundos dentro da infinidade das manifestações espirituais já recebidas pelo planeta Terra faz-se necessária com muita urgência, sem deixar de lado todo o aprendizado absorvido, mas vivido de modelamentos próprios de cada criatura.

Nos laboratórios de experimentação, antes da formação do condensamento corpóreo dos ditos humanos de hoje, houve o entrelaçamento das diversas partículas estudadas pelos campos psicomórficos e estruturais do ser para se chegar à compilação da matéria e fazer jus ao que hoje, no estrato da Terra, tem nomes e formas.

As formas foram dando origem a objetos passíveis de identificação e consequentemente seguidos de nomenclaturas baseadas em idiomas conhecidos pela manipulação do som desde o início dos tempos.

Na realidade, os idiomas conhecidos nasceram de experimentos de combinações do som para criar um campo de identificação razoável entre alguns lugares do Universo, de maneira macro e afunilando para o sistema micro, com os saberes e sistemas de sociedade preservados.

Ah! Neste ponto, gosto de falar de muitas coisas que aprendi enquanto estava me preparando para o ofício da escrita transmitida. Muitos livros foram lidos, diversas palestras absorvidas, muito dinamismo de encontros e desencontros na minha mente, porque passei a entender o que havia muito tempo já me diziam, "tudo é energia", mas não entendia exatamente.

Muito bom sair da letargia e partir para a ampliação da consciência sabendo exatamente por qual percurso está seguindo a dinâmica da mente empoderada de energia guiada não somente por um órgão, mas por campos estruturais de formas de consciência equilibradas em faixas de ponderação de acesso guardadas com seus devidos códigos de acesso à medida que o ser humano deixa fluir o que exatamente tem dentro de si.

Os brinquedos de esquecimento surgem a cada instante: o dinheiro, por exemplo, é peça fundamental nessa grande ciranda de diversão. Dar e receber, ganhar e gastar, ter e querer mais, nunca estar satisfeito com o que tem... até chegar ao campo da manipulação de corpos e filiação.

As escolhas são cada vez mais grotescas, escolhendo-se cor de olhos e estruturas dérmicas. Há quem propague que já existem alguns laboratórios implantados na Terra realizando a seleção de órgãos para que haja maior vitalidade e sustentabilidade na resistência das celeumas alimentares. Nada é, tudo vai sendo do jeito que melhor complete o desejo de ser infinito que o ser humano vai adquirindo com o medo dos ajustes necessários com o próprio eu.

À medida que cresce o descompasso, aumenta a certeza de autossuficiência e potência máxima na manipulação dos saberes recebidos de ordens com personificação escondida e de acesso a poucos.

Justo e sadio é aquele que enxerga e propaga o pensamento com leveza, aliado ao comprometimento com o que escreve e diz para aprimoramento não somente do individual, mas da essência coletiva reinante na faixa terrena.

Todos juntos e interligados, em ressonância perfeita. Justifica-se tal *modus* pelas doenças genéticas ocasionando a disfunção dos acordos celulares que moldarão a matéria e o espírito. O que antes parecia uma tarefa já superada passa a demonstrar fortes compromissos na ressignificação das ferramentas possíveis para que seja cumprido o propósito.

A mente do ser implantado em uma formação corpórea inicialmente sadia e posteriormente com anomalias estruturais até o nascimento, passa por uma calibragem para melhor aceitação do espírito à nova matéria. Os gases do esquecimento recebidos minutos antes da entrada na cápsula de envio à faixa terrena são neutralizados diante de tal confusão momentânea.

Do nada ao zero e do zero a infinitas potencialidades no encarne. O filho tão esperado pode deixar de ser querido diante da mutação descrita acima, absorvendo a rejeição imediata dos guardiões encarnados dos primeiros direcionamentos.

A absorção dos desencontros de interesses causa a primeira cicatriz mental naquele ser em formação da psique humana e ainda em ajuste de aceitação do desenlace espiritual. Essa primeira cicatriz pode seguir de maneira discreta com a criatura formada ou pode ser potencializada com vazamentos fluidos que oferecem aberturas energéticas para abutres aplicadores da alta goécia[1].

Todo cuidado se faz necessário para que o compromisso cármico daquele ser não seja esquecido e substituído por legionários de tais abutres para usurparem missões e, em disfarces angelicais, cumprirem desviantes caminhos.

Não é fácil a coerência das mentes desses seres egoicos que possuem a eternidade para planejar ataques e perseguições a diversas possibilidades de encarnes. Vários são os seres humanos perseguidos por vidas até que o "grande encontro" seja realizado, na torcida de que a alma desviante encontre o encarnado em situação de maturidade consciencial.

---

1. Goétia ou *Ars Goetia*, em português goécia (gr. *goeteia*, "feitiçaria" ou, literalmente, "uivo"), é um sistema mágico e compêndio ritualístico semelhante (porém oposto) à teurgia, que trata dos instrumentos e modos para invocação e evocação de 72 espíritos malignos conhecidos no meio ocultista como goécios, por sua origem nesse sistema mágico e sua estrita relação com ele.

# Capítulo 4

Durante um tempo, atuei em um hospital orientado pelos dirigentes do laboratório de Xanadu. Tal hospital era responsável por recepcionar os espíritos que tinham acabado de passar por experiências abortivas.

Chegavam espíritos que ainda sofriam os efeitos provocados pelas substâncias abortivas absorvidas pela futura mãe, por diversas razões, de acordo com a justificativa do momento. Lembro de um espírito que deu entrada no prontuário como "Vazio", este me chamou a atenção diante do estado de perturbação mental.

O espírito "Vazio" permaneceu na experiência corpórea por dois meses de gestação, quando sua mãe encarnada fez a ingestão de algumas substâncias abortivas que causaram graves queimaduras na estrutura dérmica e sensorial do ainda embrião.

A aproximação surgiu como se algo muito forte fizesse minha ligação com aquele facho energético e perguntei:

— "Vazio", deixe-me tocá-lo.

— Nãããããããããão — respondeu ele, de forma aflita.

Entendi imediatamente que, por conta das queimaduras, o toque de equalização mental seria inoportuno naquele momento. E lembrei da potência do condensamento sonoro que provoca o abrandamento das dores sutis d'alma.

Iniciei o processo de sonorização pelo fluxo do amor incondicional, a fim de acolher aquela criatura gemendo de dor e literalmente vazia de qualquer quietude consciencial. Fiz a imposição das mãos na região peitoral do ser e deixei que o cosmos enviasse as partículas curativas e sedativas para aquele instante, em uma espécie de passe de choque potencializado a uma voltagem máxima.

Não demorou muito e os gritos foram se acalmando, as palavras de frustração foram sendo silenciadas e a energia de amor surtiu seu efeito maior diante do quadro delicado apresentado. Escrevo este pequeno relato ainda com a forte emoção que invadiu o meu íntimo.

Após acalmado o sistema consciencial da criatura atendida, iniciei o preenchimento do depoimento para constar nos registros experimentais daquele espírito.

O silêncio reinante deu chance a poucas palavras produzidas pelo espírito:

— Preciso relatar o que aconteceu comigo imediatamente. Não quero mais permanecer em perseguição à minha mãe, impondo culpa e remorso pelo amor que eu não soube absorver pelo prazo de que eu precisava. Fui egoísta e passei a persegui-la por duas encarnações, em verdadeiro processo obsessivo. Fiz aquela mulher sofrer com a secura do útero, jamais permitindo que ela fosse capaz de gerar qualquer formação corpórea. Fiz com que todos os que me sucederam sentissem as mesmas dores que experimentei na minha vez.

— Acalme-se, "Vazio". Você ainda está fraco — respondi prestando atenção ao relato.

— Não quero mais perder tempo. Cansei de ser recebido em mesas mediúnicas e ninguém entender a minha dor. Quero um remédio definitivo.

— Sua consciência deve passar por um processo de construção e entendimento do ocorrido, influenciado pelos seus próprios registros para atuarem como ânimo acalentador. Você já pensou na hipótese de que todos os outros embriões que foram abortados sob sua influência energética, de certo modo, faziam também parte de você?

— Como assim? Fui eu que influenciei a dor neles e naquela mulher. Estive no domínio de toda a situação dolorosa.

— Caro amigo, devo falar que, na realidade, todas as experiências vividas nos abortos provocados eram você ainda preso ao padrão de pensamento congelado pela obsessão de vingança que invadira o seu sistema consciencial.

— Como isso é possível? Eram seres em formação de outros pais — respondeu de maneira impositiva.

— A realidade que você vivenciou até o presente momento foram estruturas mentais criadas por seu sistema de congelamento consciencial e, por conta disso, as obsessões eram criadas de você para si mesmo nos abortos, além do aprisionamento do espírito de quem um dia seria a sua mãe.

— E como devo sair desse padrão?

— Deixe-me aplicar dois litros de uma substância que lhe despertará o perdão. Primeiro, o autoperdão e, posteriormente, o perdão a todos aqueles que você influenciou negativamente.

— O senhor é um anjo?

— Não, meu nome é Lucius, muito prazer.

— Sr. Lucius, muito obrigado por despertar em mim a sensação de pertencimento sem julgamentos. Por longos anos e décadas, fugi de mim mesmo com medo dos julgamentos e tornei-me senhor da minha própria escuridão.

— Acalme-se. Você começou a traçar um ótimo caminho. O primeiro passo você já deu: aceitar-se.

— Estou envergonhado por tudo que fiz. Provoquei diversas mortes que hoje sei que eram minhas mortes e não despertei para a compreensão do meu aprisionamento.

— Esse estado mental de congelamento é natural quando o espírito está inebriado pelo sentimento de revolta e vingança, baseado no egoísmo da alma.

— Entendo. Nada acontecia dentro do meu vazio. Não tenho ideia de onde passei essas décadas e séculos. Um buraco negro se apoderou da minha existência e somente conseguia enxergar o espectro daquela que um dia fora minha mãe. Não podia perdê-la de vista. Desperdicei muito tempo, confesso.

— Agora você tem a oportunidade de dar continuidade à sua história. Novos desafios o aguardam. Você aceita?

— Me acho indigno de tamanha confiança e amorosidade.

— Reaja e abrace o Bem Maior que agora o acolhe. Você é um ser livre, dotado de conhecimentos sublimes. Precisamos de você para a construção de uma consciência coletiva limpa de atropelos errôneos.

— Aceito a sua proposta. Por onde começo?

— Você ficará internado neste hospital até que Mestre André faça a avaliação final e possa encaminhá-lo para a análise de Mestra Goia. É ela quem poderá avaliar melhor como seguir com os seus registros.

— Para qual local precisam de mim, é isso?

— Mais ou menos por aí. Com o tempo e vários banhos de sóis em Alvorada, você entenderá o que estou falando. Quando a luz azul fixada em seu leito acender, é sinal de que Mestre André se aproxima para conversar com você. Por enquanto, aproveite para se recuperar.

— Farei o que for necessário. Agradeço a extrema confiança e estou à disposição para o que precisar.

— Tudo bem, então. Estabeleça sua conexão com a divina energia criativa.

— Nem me lembro mais de nenhuma oração!

— Fale com o poder do seu coração e a fonte criativa irá ouvi-lo. Muita paz.

Ao terminar o diálogo com "Vazio" senti uma alegria tomar conta de minha essência, uma alegria repleta de abundância. Os conhecimentos adquiridos na minha jornada foram amplamente executados na construção da conversa orientadora. Levarei ao conhecimento de Mestra Goia todo o histórico, apesar de ter a certeza de que ela já sabe sobre o assunto, diante da penetração consciencial que dela emana.

# Capítulo 5

Seguindo o que ocorreu com o espírito "Vazio", após o envio da mensagem consciencial para Alvorada e endereçada a Mestra Goia, recebi em poucos instantes uma resposta para que eu fizesse a sustentação energética do ocorrido, enquanto aquele espírito, por influência dos antídotos nele aplicados, cairia em sonhos reveladores.

De imediato, não entendi exatamente do que se tratava, não sabia se deveria fazer um relato breve do ocorrido ou alguma dinâmica de narrativa. O importante é que eu tinha em mãos um relato, um experimento grandioso a estudar em detalhes e solicitar aos Mestres superiores os direcionamentos para o caso.

O caminho para Alvorada estava certo e finalizei minhas atribuições no hospital com o louvor de que uma grande tarefa estava por se aproximar. Cabe ressaltar que as reuniões com os Mestres dos resgates e dos envios à faixa terrena acontecem em momentos específicos do ciclo solar. Além disso, não é qualquer facho energético-consciencial que pode adentrar o campo morfoespiritual de tais instalações detentoras de uma blindagem sutil e, ao mesmo tempo, com um sistema de segurança devidamente preservado.

Coloquei-me em concentração na companhia de alguns outros emissários do Departamento Lucius, com o endereçamento a Alvorada, levando conosco muitos relatos das recepções traumáticas e temporárias dos espíritos acolhidos no hospital para o equilíbrio de suas consciências. Nesse momento, todos os pacientes devem permanecer em estado sutil, integrando-se uns aos outros como uma energia de unicidade de intenções, formando um globo luminoso que se desloca de um lado para o outro.

Ocasionalmente, alguns encarnados, atentos aos movimentos celestes, identificam estrelas cadentes em deslocamento que, em determinados momentos, nada mais são do que o transporte de tarefeiros para outros pontos energéticos. Muitas vezes, enquanto estamos em viagem, recebemos boas intenções e pedidos, todos eles são devidamente registrados e entregues ao Departamento de Permanência e Reavaliação, cujo Mestre condutor os encaminha a reuniões de colegiado que determinam o melhor aprendizado para os encarnados pedintes.

Não falarei no tempo de viagem, porque a relação entre tempo e espaço nessa condição sutil é diferente da aplicada na faixa terrena. Aos da Terra, calendários solares adaptados por séculos são utilizados de acordo com as diversas civilizações, bem como o tempo aferido também é balizado em segundos, minutos, horas, dias, meses, anos, séculos, milênios. Porém, em Alvorada, o tempo é algo fluido e imensurável. Tudo pode acontecer num minuto terreno e, ao mesmo tempo, poderá parecer que nada tenha ocorrido em milênios terrenos por conta de sonolências existenciais de alguns seres em imantação de consciência.

De volta à minha viagem para apresentação do relato do espírito "Vazio", ao nos aproximarmos do porto de desembarque em Alvorada, chegamos em um momento de festividade. Mestra Goia iria fazer um pronunciamento sobre quais moradores seguiriam para novas experiências no planeta Terra, aliado ao fato de Mestre André já estar conduzindo o recenseamento para readequar as habilidades aprendidas e dispostas a serem implantadas nas novas e nobres tarefas.

A colônia coloriu-se em vários matizes, em tons sutis e, ao mesmo tempo, marcantes que se aprofundavam em nosso espectro a cada momento que sentíamos a vibração das cores apresentadas no céu. Após deixarmos a cápsula e voltarmos ao campo morfoenergético próprio de cada tarefeiro, iniciamos nossa caminhada até o local reservado para as apresentações.

Ah! Como o estado de contemplação nos ajuda a resguardar o equilíbrio dos propósitos a serem executados com amor. O simples movimento de prestar atenção aos detalhes que nos cercam faz com que o agora esteja efetivamente presente, independentemente do lugar para onde a nossa consciência seja conduzida. Na faixa terrena, muitos tarefeiros se esquecem de contemplar o agora com sua riqueza de detalhes e sinais, mostrando a direção ideal para seguirmos com maestria.

A contemplação é um bálsamo aos olhos de quem consegue mergulhar na infinidade dos detalhes do agora e automaticamente sentir-se em amplo dinamismo existencial. O tato, sentido aplicado aos encarnados por meio de um grande órgão, é desprezado por alguns que esquecem de se sentir, de observar o que o corpo pede em consonância com a alma. Negligenciados, os desgastes são inevitáveis, a melancolia cria raízes e a embriaguez mental segue com doenças inexplicáveis diante da subjetividade que é a dor na alma.

Antídotos são aplicados para o resgate do corpo, mas a alma muitas vezes continua negligenciada. Mata-se o corpo e a alma permanece no vácuo existencial de milênios, perdida nas grandes minhocas energéticas. Não tomar posse de si causa o devaneio da essência e a neutralização perdida do propósito. Desse modo, o propósito deixa de ser prioridade, para que a alegria jamais caminhe lado a lado com ele.

A alegria que menciono é um sentimento contínuo e não um sentimento de oscilações provocado por momentos específicos do ego. Essa parte cerebral traiçoeira faz com que os encarnados ultrapassem a barreira da coesão existencial e observem tão somente o que vale como absolutamente melhor para si mesmo. O tato também não é observado e o encarnado segue com aversão, principalmente, ao toque. Várias desculpas podem ser dadas para tal aversão, principalmente tratadas em infinitas reuniões terapêuticas, contudo, enquanto o corpo e o espírito encarnado não forem observados em conjunto, o trabalho não chegará ao ao âmago da questão.

Sair dos embustes do pensamento e mergulhar em si é sinônimo de amar-se três vezes. Primeiro, porque você se lembra de que não está nesta experiência de encarne sem propósito e é justamente a busca dos direcionamentos para chegar à sua essência que o move todos os dias. Segundo, porque a energia do amor, a compreensão desse sentimento, somente pode ser entendida se passar pelo amor-próprio. Aquele que não se ama não consegue trabalhar e chegar ao encontro do próprio amor; tampouco consegue desenvolver a habilidade de amar o próximo de maneira incondicional. Várias condições são impostas àquele que desenvolve o amor-próprio pela metade. Você ama infinitamente até que o outro continue a fazer o que você entende como certo, não é? O respeito chega bem devagar para acalmar os ânimos e mostrar que é mais sutil que prosseguir a caminhada. Terceiro, porque o amor incondicional segue com a constante reflexão de aprimorar as ações, os atos, os comportamentos e os pensamentos diariamente, em favor dessa energia que não cria obrigações, mas o orienta de forma incessante.

O colorido nos céus em Alvorada exalava a energia do amor incondicional, no qual seres distintos são recebidos amorosamente, sem quaisquer julgamentos. Afinal, o julgamento aprisiona primeiramente aquele que acusa e depois coloca em cárcere o outro, escravizado pelas palavras mal direcionadas e absorvidas como verdades. Aquele que trilha a jornada da autocompreensão percebe o que estou falando neste momento do livro.

Aquele que se enxerga com os olhos do outro dorme profundamente em pesadelos alheios e deixa de escrever sua história, colecionando páginas em branco no grande livro da vida. A expectativa dos emissários permanece, mas o fluxo do livre-arbítrio é preservado.

Alguns dizem que a sonolência d'alma pode despertar com o encontro do amor perfeito projetado no outro. Contudo, novamente cai na armadilha de deixar o outro com seus olhos e liquefações mórficas para que consiga alguns instantes de alegria.

O amor, para ser perfeito, precisa ser fundamentado no amor-próprio, nesse caso, o indivíduo compartilha a jornada com outra pessoa que também esteja no desenvolvimento de si mesma, para que juntos compartilhem aprendizados. A angústia de alguns "casais de procriação" se inicia no desejo de ver o outro como posse.

Utilizo o termo "casais de procriação" porque, na realidade, a união celular necessária para que a estrutura corpórea exista precisa dos adendos que saem dos ovários e dos testículos terrenos. Em alguns casos, essa união é permitida apenas para que outros encarnados, inférteis, por exemplo, tenham acesso aos filhos que nascem por meio do coração.

Com isso, faço um convite a você para deixar sobre a mesa os seus preconceitos e as armadilhas da mente. Somente com esse exercício se dá a ampliação da mente restrita, e, desse modo, você conseguirá entender o propósito efetivo do envio de seres encarnados para tarefas distintas, independentemente de qual útero os formou. Com os devidos enlaces necessários para a formação do condensamento celular, na contínua construção do corpo que abrigará o espírito (o qual passará a se chamar alma por estar na experiência Terra), algumas mulheres experimentam a maternidade por restritos nove meses de gestação, como bravas missionárias, para entregar inconscientemente o recém-nascido a alguém que o aguardava, de modo que, juntos, compartilhassem a seara do propósito nesta faixa.

Neste livro, você ainda terá acesso a outras histórias que possibilitarão o melhor entendimento do que agora lhe desperto, para já exercitar a abertura das percepções da sua consciência.

# Capítulo 6

Antes de prosseguir com o relato do espírito "Vazio", falarei um pouco sobre os espíritos que decidem passar por uma experiência de adoção, ampliando a experimentação de paternidade e maternidade mórfica para a efetivação do propósito com adultos neutros.

A princípio, informo que todos os seres humanos têm a capacidade amorosa da paternidade e da maternidade, independentemente do órgão genital formado na construção do duto veicular que, na faixa terrena, se utiliza para a seleção das espécies.

Começarei pela maternidade, energia sublime, inerente aos que são dotados de proporções equilibradas, banhando seus descendentes com amorosidade protetora. Energia de zelo, energia de coragem, energia de avanço pelas barreiras encontradas, energia de coragem, energia de abnegação, energia de luta pela sobrevivência e cumprimento do que precisa ser feito. Na maternidade, o ser é convidado a amar independentemente de onde o outro ou os outros tenham chegado, afinal, para amar, não importa por qual útero o outro ou os outros chegaram.

Ainda nessa energia, os seres em experiência humana passam por provações fantásticas de acolher o outro, livrando-se do "eu" e construindo o "nós". Há mulheres que seguem na ampliação dessa energia, assim como há homens que desenvolvem a maternidade de maneira profunda e majestosa para engrandecimento do próprio espírito e dos demais que cruzam o seu caminho.

Com isso, o sentimento de posse se dilui para a certeza de que, efetivamente, você nunca teve ninguém sob o seu poder.

As pessoas vêm e vão, no ritmo perfeito da harmonia do desapego existencial. Na verdade, muitos despertos já se atentaram para o fato de que, na vida terrena, a maior parte do tempo é feita de ensaios de despedidas primando pelo amadurecimento do reencontro com a essência.

Alguns espíritos se manifestam por meio de psicografias, trazendo notícias dos que já suplantaram a experiência terrena, mas ainda se encontram presos aos sentimentos e amarras familiares.

A maternidade é uma experiência criada nos grandes laboratórios espirituais para que os seres em experiência humana possam despertar sentimentos nobres, necessários para a permanência nessa faixa vibracional. Funciona como uma caixinha de remédios utilizada em momentos oportunos para a ampliação da tarefa de amar.

Entendidas as diretrizes basilares da maternidade, passo a explicar sobre a paternidade. Energia de bravura, energia de inquietude, energia impulsionadora, energia de aterramento, energia de superação, energia de resiliência para que seja experimentado apenas o necessário. Nesse fluxo energético, homens e mulheres são convidados a demonstrar a superação de estar encarnado e poder seguir ciente de si, e também de que precisa do complemento que vem de dentro de si.

A paternidade é uma experiência criada nos grandes laboratórios espirituais para que os seres humanos possam experimentar a energia do amor de forma mais atenta, de forma mais racionalizada. Afinal, pelo fluxo do amor pode-se acessar a beleza no sutil e ao mesmo tempo acessar os infinitos ensinamentos da matéria.

Ou seja, a maternidade e a paternidade são unidas em um único ser para desenvolvimento na procriação, assim como na propagação da unicidade dessas energias pelo coração, indistintamente de quem sejam os receptores. Essa afirmação é corroborada pela certeza de que os seres em experiência humana são dotados de doses do feminino e do masculino, conforme o entendimento que se tenha a respeito de tal assunto.

Nessa história de equilíbrio das polaridades, nascem os filhos adotados, que saem de um compromisso rápido com alguns guardiões e seguem para os braços de outros adultos neutros.

Para entender melhor esse assunto, vou narrar uma história...

"O espírito de Hermano residia na colônia de Alvorada e em certo momento ouviu o pronunciamento do seu nome na seleção guiada por Mestre André. Esse ato é aguardado com ansiedade pelos residentes, na certeza de que a continuidade como tarefeiro o designará para alguma parte energética necessitada dos ensinamentos oferecidos. Ao chegar na zona de recepção das diretrizes para posterior aceitação, Hermano fez a leitura, atento aos direcionamentos e às opções de famílias. Em uma parte específica, tinha a informação de que havia uma mulher que ansiava bastante pela chegada de um filho, mas que por razões fisiológicas não poderia engravidar, principalmente, por se tratar de um sonho unilateral. Havia também duas pessoas que estavam programadas para se conhecer, cujo encontro não passaria de uma noite, apenas para possibilitar ajustes cármicos aos parceiros. Para essa noite, seria permitida a fertilização de um condensamento celular garantido a Hermano, uma vez que, em situações pretéritas, ele já havia travado histórias de disputas com o referido casal.

Hermano estava certo de que o quadro apresentado lhe favoreceria duplamente. Primeiro, porque havia uma grande oportunidade para ele neutralizar os registros cármicos com o casal de procriação. Segundo, porque seria entregue a uma adulta neutra, que o aguardava de coração, apesar de ainda não saber da sua chegada...

Pois bem. Hermano concordou com tudo, decidiu passar pela experiência, mesmo sabendo que em um primeiro momento receberia sentimentos de rejeição e angústia dos genitores, como ainda sofreria tentativas de aborto, até chegar às mãos da adulta neutra.

Foi guiado à zona de fertilização por Mestra Goia, passando pelos gases de esquecimento momentâneo e, em seguida, adentrou as cápsulas de envio. Já na zona uterina, ainda sem forma definida, era capaz de sentir o bombardeio de emoções inebriando o seu campo áurico. Salutar momento quando sentiu novamente a experiência de ouvir as batidas cardíacas de sua primeira genitora em sintonia com o seu pequeno impulso sanguíneo. Alguns envenenamentos são neutralizados pela grande sabedoria espiritual e devidamente anotados no prontuário da primeira genitora, e, assim, a gestação seguiu conforme o planejado.

Ao nascer, Hermano já sabia que seria abandonado na maternidade sem direito ao adeus daquela que possibilitou o condensamento celular para a formação do seu corpo. Hermano teve que utilizar a energia paterna e materna existente em si para superar mais um desafio nessa contratada experiência. Em momento simultâneo, a encarnada neutra já sentia que algo estava prestes a acontecer e que o seu filho já estava na faixa terrena.

Recém-nascido, Hermano foi levado a um abrigo para permanência indefinida, ainda sem nome terreno, sem qualquer identificação. Aos poucos, os trâmites necessários foram cumpridos e Clarisse – a adulta neutra – fez a primeira visita ao abrigo, já em processo de aproximação para início da adoção daquele bebê. Os corações dos dois entraram em franca sintonia, como se o parto estivesse acontecendo naquele momento.

O coração de Clarisse estava parindo naquele instante, selando o reencontro de outras vidas e ratificando compromissos de que um dia, juntos, poderiam compartilhar a felicidade de estarem livres no encarne. Superadas as tratativas materiais, Clarisse levou o bebê para a sua residência e passou a chamá-lo de João Guilherme. Ao mencionar esse nome, Hermano lembrou das diretrizes traçadas antes do reencarne, sobre um sonho em Alvorada, no qual uma mulher solteira desejava um filho que viesse do coração. Ah! Como é bom sonhar pensando que os desejos podem ou não se tornar realidade, não é?

No caso de Clarisse, os sonhos foram todos observados pelo departamento responsável em Alvorada e, depois, buscou-se no histórico existencial dela qual era o residente que estava mais habilitado para reter ensinamentos de emancipação da contínua jornada na Terra. E, juntos, seguiram como mãe e filho numa necessária história de aprendizados".

Os seres em experiência humana que decidem parir pelo coração são criaturas que sonham ter a oportunidade de criar laços com outro no fluxo de filiação, para que a diretriz do julgamento seja a primeira tarefa a ser superada. Muitos sonham, pedem, imaginam filhos perfeitos e em sintonia com suas características físicas e de personalidade, mas esquecem que o campo morfogenético veio de outros tarefeiros que cumpriram a ordem de veicular tal formação de acordo com as características íntimas-pessoais.

Nesse aprendizado infinito, homens e mulheres seguem na busca por seus fractais espalhados pelas galáxias e com possibilidade de reencontro na mesma faixa de experimentos.

Tudo é devidamente anotado no prontuário de experiências e registros cármicos, sem pesares de deveres sujos a serem cumpridos, mas de sequelas a serem ponderadas diante da lei universal da provocação e do resultado.

O poder de escolha é tarefa avaliada pelas diretrizes das leis universais regentes dos pilares de sobrevivência na experiência terrena. O respeito é o argumento mínimo necessário para que seja alcançado o fundamental na caminhada de retorno pela essência, sem grandes dilemas vazios de saber.

# Capítulo 7

Ao chegar no departamento apropriado para o cadastro dos relatos de histórias guiadas e aprovações do proposto no seguimento de recepções dos hospitais, passei por uma triagem e segui na fila dos históricos abortivos.

A história do espírito "Vazio" ainda se fazia presente e estava muito forte em mim, como se eu estivesse novamente sentindo aquele sofrimento e ouvindo aquele relato revoltoso e abrandado com singelas palavras esclarecedoras. Carregava em mim a certeza da pronta recuperação dele e o encontro com Mestre André seria de imediata compreensão.

Eu plantei apenas uma semente como tarefeiro recepcionador, mas tenho certeza de que a germinação depende do comprometimento daquele espírito com ele mesmo e da vontade de sair do estado consciencial nefasto de vinganças.

A minha entrada na sala de exposições foi anunciada por meio de um alto-falante, e, para a minha surpresa, era uma sala repleta de espelhos. Vários "eus" refletidos nem sei contabilizar o número de vezes. Em cada espelho, o meu espectro era refletido de diferentes maneiras: mais alto, mais largo, com menos densidade, com aparência grotesca... Foi quando ouvi uma voz feminina dizendo:

— Lucius, seja bem-vindo. Costumam me chamar de Mestra Goia. Como foi a viagem?

— Ainda surpreso com a apresentação da sala, Mestra. A viagem foi tranquila e tenho uma história para compartilhar.

— Examine mais a sala, o que consegue enxergar?

— Enxergo muitos de mim, em formas distintas daquelas com as quais estou acostumado.

— Sair da palidez das formas e enxergar a essência é o primeiro passo a ser dado dentro desta sala — falou a Mestra.

— E por onde devo começar, Mestra?

— Olhe-se nos olhos, em cada espelho. A cada reflexo uma história, um aprendizado.

— Posso escolher a primeira imagem?

— Sim, escolha a que mais lhe chamou a atenção.

— Essa — apontei. — Com o aspecto grotesco. Não entendo na plenitude o que isso significa, tão somente que seja possível ser um aspecto meu, caso haja desatenção morfoenergética.

— Isso mesmo. Esse reflexo significa que o pior aspecto sempre acompanha as criaturas que atuam em zonas de recepção dos recém-chegados de experiências revoltosas nos hospitais de acolhimento.

— Agora entendo melhor o porquê da necessidade de nos banhar com os sóis energizantes. Não podemos ficar confinados nos hospitais e nos esquecer de que também precisamos de tratamentos de reposição energética.

— No campo da energia sutil, da mesma forma que a história do outro aparentemente somente pertence ao outro, em um mínimo descuido o outro passa a ser também a sua história.

— Impressionante como estamos sempre vulneráveis a atropelos das impressões provocadas pelo outro.

— Vejo que você está em harmonia com seu campo morfoenergético. Já observei as diretrizes passadas ao espírito "Vazio" e quero convidá-lo a atuar no departamento de fertilização por um certo período, sob a minha coordenação.

— Fico muito feliz com o convite.

— Mestre André e os demais companheiros seguirão contigo para mostrar a melhor maneira de iniciar sua estada em Alvorada.

Assim que Mestra Goia terminou de falar, os espelhos foram desfeitos e num piscar de olhos eu estava dentro de um ônibus transporte. Aquele momento de conversa parecia ter sido um sonho.

Enquanto o ônibus transporte seguia para o destino – departamento de fertilização –, eu ainda contemplava as cores dos céus daquele lugar. Ao desembarcar, percebi que havia uma grande movimentação na estação de cápsulas e no departamento de fertilização.

Os sonhos dos encarnados continuavam a ser captados por uma espécie de antena, sob os registros codificados de Mestres treinados para esse fim, em um duto transparente e para um possível acompanhamento de todos os residentes de Alvorada. Essa antena é responsável pela captação de milhares de mentes conectadas a diferentes direções planetárias, sendo que os códigos implantados somente são traduzidos pelos diretores de cada departamento, que cuidam das análises correspondentes.

Nesse dia de chegada e de festa para os residentes, a proteção do entorno de Alvorada fora reforçada e os guardas estavam em estado de total vigilância, uma vez que o departamento de fertilização e a estação das cápsulas de envio representam alvo sedutor para os embusteiros que almejam uma oportunidade de burlar o sistema.

As regras para chegar a tais departamentos são rígidas a fim de evitar a incidência de aberrações energéticas usurpando os corpos em experimentos guiados pela força da fonte de origem maior. Trata-se de desordeiros que constantemente empreendem invasões para se apropriarem das pesquisas e das tecnologias.

Os guardiões possuíam em suas vestes sutis um armamento que se assemelhava a um cajado; havia uma pedra transparente no topo de cada uma, fazendo um elo com a antena de captação de sonhos. Essa antena era também constantemente vigiada porque representava a válvula impulsionadora dos trabalhos desenvolvidos e aprimorados em Alvorada. Sem sonhos a serem respeitados, o caos tomaria proporções nefastas. Se os encarnados deixassem de sonhar e de realizar os encontros de aprendizados e balizas afins, o trabalho de equilíbrio da faixa terrena estaria comprometido.

# Capítulo 8

Ao chegar ao departamento de fertilização, avistei várias incubadoras conectadas entre si que alimentavam os espíritos residentes, neutralizando memórias e dosando remédios para a fixação dos saberes de outras experiências terrenas e regeneradoras.

Mestre André já me aguardava e juntos fomos para uma sala reservada, momento em que ele falou:

— Lucius, temos uma grande tarefa pela frente. As criaturas humanas passarão por um declínio na fertilização e não podemos deixar que esse novo ciclo exclua a capacidade de sonhar.

— Como posso ajudar? — indaguei.

— Você será responsável pela interlocução dos embriões com suas fontes de formações já encarnadas, em seguida à incubação desses espíritos nas cápsulas de calibragem.

— Devo fazer visita à faixa terrena antes do envio?

— Isso também será parte da sua tarefa, contudo, além das visitas, você acompanhará os espíritos propensos nas escolhas das famílias receptoras.

— Entendo.

— Trata-se de uma triagem necessária para que as escolhas sejam conscientes e não somente pelo desejo de retornarem para o seio familiar com que se habituaram ao longo de muitas experiências de encarne.

— Depois das visitas, cada espírito que eu acompanhar estará ciente das possibilidades, certo?

— Isso mesmo. Não se preocupe porque sempre estarei ao seu lado para esclarecer quaisquer dúvidas. Fique com esse roteiro de visitas.

— Vejo que a primeira visita está programada para uma família com dois filhos encarnados, portadores de transtornos mentais de aprendizado.

— Esse casal vai receber mais um espírito para completar o ciclo de aprendizado deles e dos irmãos já em tratamento. Um nasceu com paralisia cerebral e o outro, nenhum médico conseguiu identificar o porquê do déficit de compreensão e de articulação das palavras.

— E qual será a tarefa desse terceiro filho?

— Ele seguirá com falta de oxigenação constante no cérebro, que provocará nele convulsões diárias.

— Mestre, com todo o respeito, mas não é fardo muito pesado para ser suportado pelo casal genitor?

— Acalme-se, Lucius. Tal encontro foi planejado antes de ocorrer o encarne do casal genitor. Os dois já sabiam que teriam filhos com essas dificuldades.

— Então, tudo bem. Observarei o dia a dia do casal, a fim de preparar o campo energético para a chegada do terceiro filho.

— Bom trabalho — finalizou, em frequência de despedida.

Com as palavras de Mestre André, refleti sobre a tarefa daquele casal de escolher nascer e, depois, de se encontrar para recepcionar três espíritos distintos em experiências de tratamentos diferenciados, em que o amor seria colocado mais uma vez acima de tudo para o amadurecimento dos envolvidos.

Sim, o amor. Nesses casos, já acompanhei tarefeiros que, em outros tempos, desistiram dos aprendizados com experiências similares e abandonaram o propósito escolhido. Em frações de segundos, a mente perde a vontade de prosseguir com o escolhido, ressignificando cada momento de luta em doses necessárias de alegria.

O amor sendo novamente falado e difundido para que os abismos dos protagonistas sejam estreitados, possibilitando-lhes a cadência do manifesto do não para o sim do agora oportunizado. Nunca é tarde para o sistema de compensação das tarefas deixadas por fazer, sempre há uma chance de recuperar o aprendizado negligenciado por razões específicas daquele momento.

O caminho de cada encarnado deve seguir sem julgamentos, em conformidade com a sua liberdade de escolha, sem se esquecer de que colherá as consequências dela também.

Não há obrigatoriedade da paternidade e maternidade no condensamento celular, eivado no dever de procriar, mas a aplicabilidade dessas duas energias pode ser distribuída aos seres encarnados como forma de aproximá-los entre si. A cada gesto de paternidade empreendida para o outro, algo dentro do emissário é alterado e calibrado. Da mesma forma que, a cada gesto de maternidade empreendido para o outro, emoções e sentimentos são convidados para resgate oportuno.

Tudo no fluxo natural das atitudes e na observação do ser e estar concomitantemente.

O conceito de filho saudável deve ser neutralizado com as ponderações de referência ao que está sendo utilizado para afirmar que alguém é menos ou mais saudável do que o outro. O ser em experiência humana é considerado saudável à medida que é respeitado pela forma que escolheu se apresentar na faixa terrena, abrigando longos aprendizados para sua alma comprometida com escolhas individuais e alinhadas também a contratos coletivos familiares.

A zona de equilíbrio se mostra com sensatez e o arsenal de sabedoria é acomodado com paz na mente. Saudável é um conceito que nasce do desejo para que o encarnado siga sua jornada sem depender do outro. Entretanto, em alguns casos, o conceito de saudável está em compartilhar a permanência do encarne com os genitores ou responsáveis por guiar a existência no facho volátil experimental na Terra.

Vários campos mórficos seguem o fluxo natural da evolução da alma, eterna aprendiz da brincadeira de esquecer e lembrar quem é, sem se apegar àquilo em que está. Esse último, é um estágio temporário com prazo muito curto para se apegar a tarefas supostamente pesadas e impossíveis de serem geridas.

Quanto peso da vida você consegue conduzir? A resposta fica muito vaga e subjetiva sem se chegar a um lugar específico. Somente justificativas injustificáveis chegam para as borrachas que correm no papel. Todos os filhos e seres que decidem pelo encarne na faixa terrena são saudáveis, sendo que cada um está no aprendizado necessário, e, por esse motivo, é digno de respeito.

# Capítulo 9

Certo e errado são conceitos que aprendi nas primeiras aulas no Departamento Educativo Lucius. Adquiri habilidade em ponderar com atenção, principalmente quando as referências e pontos de vista para a construção dos conceitos são vagos.

Quando o assunto é construção familiar e possibilidade de procriação, independentemente do meio para a chegada do futuro filho, deve-se sempre passar pelo crivo do que é seu e do que é da prestação de contas com a sociedade.

Você sonha construir uma família com base em quê? Para corrigir seus erros diante de carências em relação a seus familiares? Como saber exatamente qual o melhor momento para se habilitar à filiação genética? Por que você pode resistir a ampliar a distribuição da maternidade e da paternidade a todos que o circundam?

Estratégias mentais são construídas para justificar atitudes e iniciativas que precisam passar pelo julgamento dos mais próximos para dar respaldo à sua própria satisfação, disfarçada de naturalidade da evolução das relações.

Nada é efetivamente do jeito que você coloca como ato impensado e desarmônico com o seu propósito. E como saber o propósito, se gases de esquecimento são inalados no momento do reencarne, parecendo um reinício infindável e desproporcional à evolução do espírito? Injustiças do Criador?

Não. O propósito pode ser trilhado pelo caminho de ser e estar em vigilância. Sentir-se no agora contemplando as pessoas e situações que a vida no encarne lhe apresenta, fazendo um verdadeiro filtro do que é seu e do que você está alimentando do outro em você.

Quanto de seus pais ecoa em você? Quantas experiências atuam em seus comportamentos impulsivos que não são seus?

O ser em experiência humana segue com impulsos não identificados dos reais remetentes e destinatários, sem a percepção de quem efetivamente está a comandar a estrutura corpórea e quanto o espírito está sendo esquecido diante dos poderes de reprogramação e ressuscitação dos saberes de outrora.

Afinal, nada está perdido, nenhum conceito já adquirido é excluído dos seus registros. Porém, redescobrir o caminho para acessá-lo é desafio imposto na experiência terrena, assemelhando-se a um labirinto de espinhos e flores. Se você se apega aos espinhos, corre o risco de esquecer de observar as flores. Se você somente olha para as flores, corre o risco de se machucar com os espinhos da vida. Encontrar o caminho que lhe proporcione o equilíbrio dentro do labirinto da experiência encarnada é o salto para entrar em contato com a sua essência.

Quanto mais reclamar, mais espinhos observará em seu percurso. Quanto mais se afastar do equilíbrio entre o divino e a matéria, mais flores enxergará, esquecendo-se do contraponto de estar na Terra.

Pegue uma balança e faça um exercício de equilíbrio entre os dois pratos integrantes desse instrumento. Independentemente do que pese em cada lado, o importante é você atingir o equilíbrio. Esse equilíbrio é alcançado quando divino e matéria são respeitados na mesma proporção, na certeza de que para essa experiência terrena você precisará vivenciar os saberes do equilíbrio na matéria, assim como restabelecer a conexão com o divino, sem exageros.

Por isso entendo que essa tarefa de visitar o lar do casal designado com duas crianças em aprendizado exige mais atenção, como tarefa a introduzir outro espírito em experiência saudável dentro da escolha e capacidade dos envolvidos. Sem repulsas.

Agora é o momento mais importante para qualquer criatura em experimentação na faixa terrena. É importante prestar atenção como está validando a permanência, se há perda de tempo atribuindo valor a coisas vazias e de frequências de baixo calibre. Sentimentos e emoções são forças que impulsionam o autoconhecimento no ser em experiência humana. Portanto, não tenha medo de si mesmo.

Quanto mais você se conhece por meio das tarefas naturais da vida, mais se aproxima da própria essência, baseada em várias manifestações de frações de si mesmo, espalhadas pelas diversas dimensões conscienciais.

Aos poucos, fui iniciando a aproximação no campo familiar do casal alvo, enquanto seus sonhos eram captados pela grande antena instalada em Alvorada.

Observei que já estava próximo o momento para que o terceiro filho pudesse se juntar àquela família. Aproveitei uma noite de sono profundo para empreender a visita em que o casal esteve simultaneamente em projeção nas dependências de Alvorada. Eu os conduzi até o departamento de fertilização e apresentei o seu terceiro filho em essência. Informei das necessidades e intenções de aprendizado daquele espírito, sob a leitura do contrato de compromissos que em seguida seria assinado pelos envolvidos.

Para a minha surpresa, percebi que os dois filhos encarnados também estavam em ressonância mental com aquele momento, a fim de que os cinco envolvidos ponderassem e assinassem o termo de compromisso cientes do que estava por vir.

O aceite foi quase imediato, em seguida reconduzi o casal para a saída de Alvorada e os deixei retornar aos seus corpos, mesmo que não lembrassem com exatidão do ocorrido.

A essência maior deles esteve comigo, assim como a dos dois filhos encarnados, para validar a chegada do terceiro filho nas condições e estruturas de aprendizado já discutidas. O desapego para cada convulsão ativada diante dos choques neurais do terceiro filho seria um dos pontos principais a serem compreendidos. O estar para guiar sem assumir a posse. O observar e fazer todo o possível para o cumprimento do propósito daquele ser em experiência humana sem negociar tempo. Apenas respeitar o necessário.

As condições financeiras não seriam as melhores, mas a vontade em proporcionar a honraria à escolha do terceiro espírito a chegar naquela família ultrapassava limites materiais para o cumprimento da tarefa proposta.

# Capítulo 10

Encerrado o encontro e assinado o acordo, apresentei o meu relatório de visita e solicitei que a incubadora do terceiro filho fosse enviada para o departamento de fertilização, sob o comando de Mestra Goia.

Peguei o ônibus transporte e programei o percurso até o departamento de fertilização para acompanhar todo o processo dessa tarefa. Ao desembarcar no local de destino, pouco tempo depois, o sinal de alerta soou como raios que riscavam o céu. Alvorada estava sendo atacada.

Mestre Zoie e legionários romperam a blindagem magnética da colônia, mediante a invasão de embusteiros junto à última chegada dos tarefeiros do planeta Terra. Disfarçados, muitos embusteiros conseguiram neutralizar os primeiros guardiões do portal responsável pela ligação de Alvorada aos demais setores dimensionais.

Os soldados de Mestra Goia realizavam todos os procedimentos necessários para a proteção das incubadoras e áreas de fertilização. Sem dúvida esse seria o local alvo do ataque. Mestre Zoie priorizava capturar as incubadoras responsáveis por tornar viável a entrada deles na seara terrena e dominar o campo de manifestação de elevação das consciências daquele lugar.

O projeto Terra mais uma vez estava sendo prejudicado por um ataque de baixa frequência, contando com a ajuda de alguns magos da escuridão para aniquilar a antena de captação dos sonhos. Ou seja, toda a cidade de Alvorada e seus trabalhos desenvolvidos estavam em risco diante do ataque dos invasores.

As pontes de interlocução entre os setores estavam sendo bombardeadas. Os residentes da colônia correram para evacuar o local de risco, seguindo para o ponto de imantação segura, protegidos pelos Mestres regentes de Alvorada. O caos não estava instalado, mas a ação deveria ser imediata, antes que o padrão de consciência dos residentes decaísse.

De forma implacável, Mestre Zoie se dirigia ao departamento de fertilização certo de que tomaria milhares de incubadoras em processo quase final de envio para a faixa terrena. O campo magnético ativado de emergência ainda resistia à penetração no laboratório, sob a coordenação de Mestra Goia.

O mal se apoderava cada vez mais e o alerta a todos os residentes, para que se mantivessem firmes na frequência do amor, tornou-se constante. Mestre André tinha ido ao departamento de resgates de sonhos na tentativa de proteger não somente a antena de captação, mas também todos os relatos já catalogados e armazenados nos arquivos.

Mestre Miguel, em sua carruagem flamejante, por meio de um comando suave e tranquilo, cortou os céus de Alvorada e, com o seu cajado imantado de luz azul, iniciou o duelo de titãs.

Mestre Zoie e Mestre Miguel já foram companheiros de longas jornadas em benefício dos processos de manutenção e elevação do padrão vibratório do planeta Terra. Houve um tempo em que Mestre Zoie fora tomado pelo desejo de poder a fim de manipular as realidades. Tal compreensão de equilíbrio provocou mudanças em Mestre Zoie. Por esse motivo, Mestra Goia e o comitê de guardiões o convenceram a se retirar das zonas de Alvorada e demais colônias de conexão com projetos experimentais, a exemplo da Terra.

A história de Mestre Zoie tem início em tempos remotos, com a criação do conglomerado de energia dissipada, formando um facho luminoso inteligente, capaz de gerir e multiplicar outros fachos.

Na erraticidade de facetas espirituais no Universo, o Mestre seguiu no amadurecimento consciencial até a formação das realidades de colônias, planetas, superfícies estruturais, dentre outras formas que o campo visionário permitia. Nesse tempo, Mestre Miguel também seguia em formação com o objetivo de amadurecimento da inteligência molecular em benefício da paz e da proteção universal.

O contato entre os dois Mestres se deu no primeiro encontro do comitê de guardiões, criado com o objetivo de promover o alinhamento estratégico dos trabalhos e examinar com cuidado as primeiras tarefas dos projetos apresentados. Embora cada participante tivesse seu próprio projeto, todos traziam consigo um objetivo comum, isto é, lutar pela preservação da rede magnética de imantação das espécies ainda em desenvolvimento.

Diversas formas eram apresentadas nos laboratórios experimentais, sempre ajustadas às necessidades de cada campo vibratório, com a preocupação de sobrevivência das criaturas. Embora com a proteção dos Mestres vigilantes, algumas aberrações foram criadas diante da manipulação dos saberes nos grandes laboratórios espirituais.

Mestre Zoie, unido a um grupo de outros Mestres, foi responsável pelo envio e retirada de tais aberrações dos sistemas vibratórios, após a observação de seu amadurecimento.

Nessa oportunidade, isto é, quando retiradas, muitas aberrações buscavam a negociação antes de serem descartadas de maneira silenciosa nas câmaras de ressignificação da espécie. Os Mestres eram constantemente tentados, visto que as criaturas queriam seduzir e superar a inteligência dos criadores laboratoriais.

Monstros detentores de habilidades energéticas se tornavam cada vez mais fortes diante de algumas manipulações e a grade de proteção era reforçada para impedir o resgate desses seres.

Em um desses encontros, Mestre Zoie iniciou conversa com uma aberração que estava sendo resgatada para a ressignificação diante dos desvios apresentados. Oportunidade em que a aberração disse:

— Sei que você carrega pensamentos de poder. Venha para o nosso lado e o ajudaremos a não receber mais ordens.

— Aberração, como ousa falar dessa maneira com um Mestre?

— Mentiroso, falsário. Estive em seus pensamentos e enxerguei quem realmente você é. Os outros Mestres devem ter pena de você, por isso ainda o mantêm nas tarefas.

— Tenha respeito, aberração. Sou fiel à minha fonte de origem e aos meus superiores condutores. Jamais atentaria contra eles.

— Mentira. Olhe para mim, veja como sou forte.

— Você será encaminhado para a câmara de ressignificação e essas confusões serão neutralizadas.

— Podemos seguir juntos. Vamos?

— O que eu ganharia me juntando a você?

— Poder. Colocaríamos você em posição de destaque, do jeito que você merece.

— Acredito que seja pouco, afinal, você estará com um Mestre ao seu lado.

— Um ex-mestre! Você servirá às trevas das realidades, afastando-se da fonte do Bem Maior.

— Nunca tinha parado para pensar nessa possibilidade. Colocarei você na quarentena e em breve voltaremos a conversar.

— Tenho todo o tempo necessário. Eu o aguardo.

— Agora, silêncio! Estamos passando pelos guardiões das câmaras.

De cabeça baixa, a aberração seguiu para a quarentena juntamente com outras aberrações que seriam ressignificadas para experimentos de equilíbrio nos laboratórios da grande espiritualidade.

# Capítulo 11

As propostas da aberração ficaram ecoando na mente de Mestre Zoie como musicalidade repetitiva. A possibilidade de poder o assustava à medida que o poder começava a atrair pensamentos nefastos.

A erva daninha estava plantada e precisava ser neutralizada o mais rápido possível antes que ganhasse força. Momento a momento, os pensamentos vibravam no campo mental de Mestre Zoie e alguma decisão precisava ser tomada.

Mestre Zoie decidiu visitar a aberração na quarentena. Nesse ínterim, Mestre Miguel já tinha percebido algumas alterações de comportamento e descartes de pensamentos estranhos. O campo vibratório do atacado já não era mais o mesmo, apesar das tentativas de sustentar uma aparente neutralidade.

Ao chegar no campo de quarentena, Mestre Zoie aproximou-se da aberração que outrora o interceptara com convites de parceria, iniciando o diálogo:

— Aberração, levante-se.

— Mestre, veio me resgatar?

— Não sou seu Mestre.

— Sabe perfeitamente que é o meu Mestre, caso não fosse, nem estaria aqui — disse, em longa gargalhada.

— Tenho um plano para nós.

— Fique à vontade para compartilhar. Outras aberrações podem ser liberadas e lideradas por nós.

— Como assim, nós?!

— Quero dizer...

— Não venha com trapaças. No entanto, como deveria confiar em uma aberração, certo?

— Pode confiar em mim, Mestre. Seguirei contigo como um servo fiel, grato pela nobreza de me libertar dessas amarras.

— Eu sigo como o Mestre líder e você será meu general, e juntos derrubaremos Mestre Miguel e os demais guardiões para assumir o poder deste local.

— Excelente proposta, Mestre — concordou a aberração. — Quando daremos início ao golpe?

— Não gosto quando você fala dessa maneira — respondeu o Mestre.

— Do golpe? Mas, se não é golpe, será o quê?

— Seja golpe ou não, a partir de agora a guerra está declarada para assumirmos o controle deste local.

— Liberdadeeeeeee! — exultou a aberração.

Após a declaração de parceria entre os dois, os portões da quarentena foram abertos e as aberrações ficaram livres, neutralizando os guardiões ali presentes. O sinal de alerta foi disparado e Mestre Miguel já estava a caminho para interceptar os fugitivos.

Nesse momento, a alta esfera do comitê de guardiões já estava ciente da traição de Mestre Zoie. A tristeza pairava em alguns integrantes pela fraqueza consciencial que aquele Mestre tivera ao se deixar levar pelas provocações de uma aberração. Será que sempre fora partidário desses ideais ou tinha sido despertado no instante que iniciou o diálogo com a aberração?

Francamente, não sei explicar com exatidão os porquês, somente compreendi que estava para acontecer uma traição entre os Mestres.

Algumas aberrações conseguiram passar pelo portal de transição seguindo para outras faixas vibratórias com padrões similares; outras aberrações continuaram com Mestre Zoie para a tomada do comando do comitê de guardiões.

Mestre Miguel, auxiliado por outros Mestres, imantou um forte campo de proteção e irradiação capaz de impedir os ataques dos desordeiros. Em seguida, Mestre Zoie foi preso e, juntamente com algumas aberrações, seria encaminhado para Plutão, sem prazo determinado de retorno.

Essa é uma breve história de Mestre Zoie até a sua prisão. Contudo, com a queda da rede magnética de proteção do planeta Terra devido à baixa frequência de consciência, algumas fugas foram concretizadas diante da conexão direta com algumas mentes afins no campo terreno.

Um dos fugitivos foi Mestre Zoie, que, sem pensar duas vezes, seguiu para a colônia de Alvorada e deu continuidade ao plano de assumir o comando do comitê de guardiões.

A batalha prosseguia em Alvorada com a invasão dos desordeiros. Mestre Miguel novamente ficava frente a frente com o traidor para os devidos ajustes.

No departamento de fertilização, enquanto o campo de proteção era conduzido por Mestre Miguel com o auxílio de Mestra Goia, houve uma grande explosão, anunciando a chegada do Mestre Zoie.

A necessidade de completar o trabalho de proteção seguia, mas o território de batalha era muito extenso e não seria de imediato que o local poderia reestabelecer o equilíbrio vibratório.

As aberrações marchavam de forma acelerada em direção ao departamento de fertilização, momento em que os Mestres Zoie e Miguel se encontraram:

— Mestre Miguel, quanto tempo...

— Zoie, baixe suas armas e se entregue. Alvorada não será dominada por desordeiros.

— Miguel, nada nem ninguém será capaz de me conter. Tenho o auxílio de aberrações que ficaram em maturação desde o dia que nos prenderam para nos enviar a Plutão.

— Você tinha tudo nas mãos para contê-los.

— Teria sido mais fácil se tivessem me entregado o que desejo e servissem a mim.

— Olho para você e não consigo enxergar o parceiro fiel e prudente de outros tempos.

— Realmente não sou mais o mesmo manipulado de antes. Mudei para melhor, não recebo ordens de ninguém.

— Tenho certeza de que ainda há amor dentro de você e não será capaz de atentar contra os seus irmãos.

— Irmãos? Não me lembro de ter nenhum.

— Renda-se e falarei em seu nome no comitê para que a sua pena seja revista e abrandada.

— Não preciso de ninguém, já disse.

— Zoie, o seu espectro foi invadido por sentimentos de ódio, amargura, mágoa, vingança... Esse não é você. Deixou-se hipnotizar pela aberração que o tentara seduzir. Volte para o seu eixo original.

— Não me venha com essas conversas. Entreguem-se, e não machucarei mais ninguém.

— Sabe que não será possível o que pretende.

— Está disposto mesmo a lutar?

— Estou disposto a proteger Alvorada e farei o que estiver ao meu alcance para manter a paz e o equilíbrio das atividades deste lugar.

Tão logo Mestre Miguel terminou de falar, seu peito foi atingido por um raio vermelho que o derrubou, iniciando a batalha entre os dois titãs.

Os residentes de Alvorada já estavam em conexão coletiva para intercepção elevada da consciência daquele lugar, a fim de ajudar os Mestres a manter seus esforços de proteção fora de perigo.

Mestra Goia sobrevoou todos os locais atingidos, emitindo uma frequência sonora de neutralização, utilizando uma capa cor-de-rosa.

As aberrações, quando atingidas pelo campo áurico rosa, eram imediatamente despertadas para o amor incondicional, mudando inclusive a forma condensada do corpo.

Pouco a pouco, a paz retornava a Alvorada, restando apenas o término da batalha contra Mestre Zoie que, mais uma vez, relutava em obedecer às ordens do comitê de guardiões.

# Capítulo 12

Mestra Goia e Mestre Miguel se uniram para definitivamente neutralizar o ataque de Mestre Zoie. A batalha estava se tornando desgastante, momento em que Mestre Zoie iniciou nova estratégia de fuga, uma vez que estava em desvantagem, sem o número suficiente de aberrações para lhe dar proteção. E gritou:

— Retiraaaada! Voltar para a zona de planejamento. Voltar para a zona de planejamento.

— Fechem os portais de Alvorada — ordenou Mestra Goia.

— Retiraaaaada! — insistiu Mestre Zoie.

Mestre André havia iniciado o processo, contudo, como o campo de neutralização ainda não tinha atingido a plenitude, Mestre Zoie teve condições de fugir na companhia de algumas aberrações sobreviventes.

Alvorada necessitava de reestruturação das formas em alguns pontos, e muitos residentes estavam feridos por causa dos ataques. Era o momento de recompor os campos da colônia para a continuidade dos trabalhos.

Além disso, o comitê de guardiões, analisando o que tinha ocorrido, deu início a uma reunião com o objetivo de planejar a prisão dos invasores. Nesse tipo de reunião, decisões são tomadas apenas depois que cada mestre dá a palavra de acordo com o seu grau de compreensão.

Afinal, os trabalhos em Alvorada deveriam ser retomados de imediato, principalmente os realizados no departamento de fertilização. Várias histórias até então suspensas deveriam seguir para seus destinatários, inclusive a do casal que aguardava o terceiro filho para o cumprimento do propósito aceito por toda aquela família.

Os residentes foram convocados para um pronunciamento coletivo cujas primeiras palavras foram de Mestra Goia:

— Residentes de Alvorada, hoje recebemos a visita de um antigo companheiro buscando luz, paz e sossego no espírito. Nessa batalha não há perdedores nem vencedores, pois todos saem perdendo e ganhando algo na medida de suas intenções. Sabemos que ainda poderemos ser interceptados pelas milícias pervertidas de Zoie e suas legiões de aberrações. Por isso, voltemos às nossas atividades habituais, mas com reforços na concentração consciencial, a fim de evitar aberturas e vulnerabilidades. Prestem atenção aos seus pensamentos e ao fluxo de suas intenções. Agora, com a palavra, Mestre Miguel.

— Frações da minha essência, sigamos com honradez e bravura, sem desanimar diante das provas que nos são apresentadas. Acalmem seus espectros com a certeza de que o Bem segue maior do que qualquer escuridão que possa existir. Emanemos muito amor para as aberrações que insistem na permanência da incompreensão de si mesmas e deturpam as reais trilhas que o serviço de paz magnético proporciona a todos — fez um sinal e disse: — Com a palavra, Mestre André.

— Residentes, nossas incubadoras foram o alvo de ataque. Precisamos ampliar nossa vigilância consciencial. Continuemos a jornada dos resgates de sonhos, a limpidez na recepção pela antena energética e preservemos os filhos de Alvorada que estão em maturação. Neste momento, voltemos nossos pensamentos e nossas melhores intenções à Acrópole Central, para que o campo magnético da nossa colônia seja refeito imediatamente.

E, ao som de cornetas angelicais, espécies semelhantes a búfalos adentraram o campo maior de reuniões, cruzando a zona central onde os residentes se encontravam voltados para os Mestres condutores.

Os búfalos estavam sendo liderados por Mestre Zahur, que, ao chegar diante de Mestra Goia, ajoelhou-se em reverência e disse:

— O poder de Deus presente em mim saúda o poder de Deus imantado neste lugar. Trouxe meus melhores guerreiros para ampliar a rede de proteção de Alvorada.

— A partir de hoje, residentes e búfalos irão conviver em harmonia nas dependências de Alvorada — disse Mestra Goia.

— A paz volta a reinar neste lugar para a continuidade das atividades, dou a minha palavra.

— Levante-se, Zahur. Agradecemos a sua chegada juntamente com a de seus legionários disfarçados em forças mórficas de bravura.

— Espalhem-se por Alvorada — ordenou Mestre Zahur aos seus legionários em forma de búfalo.

Acompanhei a reunião até o fim, ainda outros pronunciamentos seguiram demonstrando a ampliação da rede de proteção e fidelidade ao campo energético. O amor retomava as formas sutis da existência.

Após momentos de tensão, as incubadoras estavam preservadas e os trabalhos prosseguiam de forma harmônica. E nessa frequência, marquei uma reunião com Mestre André para receber algumas instruções sobre a tarefa, até então suspensa, de envio do terceiro filho e diretrizes importantes para a completude da implantação do propósito.

Aproximava-se o momento para a desativação da incubadora daquele espírito e os preparativos seguiam em frequência acelerada, principalmente depois da interrupção por conta do ataque que sofremos em Alvorada.

A paternidade e a maternidade estavam sendo implantadas no espectro do espírito incubado para serem prontamente utilizadas.

O toque soou, era chegada a hora do envio da cápsula já preparada pelo Mestre André. O casal receptor estava pronto para o início da multiplicação celular e construção dos filamentos de filiação espiritual. Ao nascer, aquele espírito já passaria pelas primeiras complicações de permanência e adaptação à faixa terrena, com o início das convulsões e dificuldades para a respiração pulmonar.

O casal não sabia conscientemente do porquê de mais um filho com necessidade de cuidados especiais. Mas... a fé os mantinha firmes, afastando-os da revolta e da tendência de culpa dos dois. Digo a fé no sentido de conexão com a força divina, entendida de maneira própria por cada um.

Também não estava sendo fácil a adaptação para o espírito recém-enviado, mesmo ciente dos deveres e tarefas que o esperavam. A exclusão aos olhos dos outros, bem como os julgamentos de azar na visão dos familiares e amigos, produzia nele uma frequência energética dolorosa.

Fachos pontiagudos eram formados e criavam sistemas de pensamentos corrompidos ao redor do recém-chegado, inebriando seus pais de incertezas sobre a capacidade de coordenar a permanência e guiá-lo no caminho necessário. Seria mais uma criatura dependente dos cuidados e zelos dos pais, mesmo depois de atingir a maioridade. Os contratos firmados são implacáveis em seu cumprimento, mas com cláusulas também de amorosidade ao longo de toda a caminhada.

Passo a passo, eu percebia que as certezas dos ajustes cármicos seguiam exatamente como deveriam acontecer. Os amoldamentos nos direcionamentos dos filhos estavam refletidos nas frustrações de seus pais no sentido de não poderem proporcionar algo melhor pelas referências pessoais ainda carentes de atenção e acolhimento.

# Capítulo 13

No que diz respeito ao encarne, o poder de escolha é muito interessante. Alguns afirmam que tal poder estabelece os maiores laços cármicos, que constroem as certezas dos retornos para os devidos ajustes. O poder divinal preserva a liberdade de escolha no momento dos ajustes finais, pouco antes do reinício da jornada, com a finalidade de amadurecer os aprendizados de várias espécies em uma mesma faixa vibracional.

Então vem a necessidade de uma construção corpórea uniforme para que todos se reconheçam e possam ser apresentados às tarefas afins. Os seres em experiência humana, de diversas partes vibracionais, são atraídos por frequências heterogêneas.

Certo dia, estava caminhando pelo laboratório de Xanadu e me encontrei com o Mestre orientador dos filtros das intenções, e ele me contou uma história:

"Em um momento da rede espiritual formada para o envio das primeiras criaturas animalescas à Terra, o campo sutil possibilitava o transporte de vários equipamentos e materiais para lugares longínquos na construção de receptores de laboratórios de experimentação contínua para a povoação dos primeiros seres em experiência humana dotados de espíritos condutores por filamentos energéticos. A vegetação estava ainda em formação, as primeiras mutações ainda ganhavam forma e inteligência para as devidas multiplicações. Tudo ainda era muito recente. Nos laboratórios existiam grandes experimentos que nos indicavam quais sistemas de sobrevivência seriam compatíveis para que o sistema corpóreo pudesse permanecer no planeta Terra sob a faixa vibratória que nela estava implantada. Muitos descartes foram realizados, aberrações eram constantemente materializadas e colocadas de lado diante da baixa estabilidade de permanência, quer fosse pela respiração responsável pela alimentação celular e pelo condutor de moléculas com expertises de manutenção vital, quer fosse pela necessidade da elaboração de uma manta protetora para tais sistemas, que hoje se entende por pele, quer fosse pela qualificação dos sistemas subdivididos em aparelhos com especificidade na manutenção da força criativa presente. Além disso, eram experimentados sobre a densidade corpórea, para que a força energética não fizesse da levitação um modo de regra, a fim de fixar diversos experimentos em lugares distintos sem contato uns com os outros. Enquanto a levitação permanecesse como meio de transporte para tais experimentos, a contaminação e a influência de uns sobre outros seriam impossíveis de ser controladas. Os primeiros ajustes de som foram equalizados para provocar reações nas estruturas corpóreas experimentadas, adequando-se um aparelho receptor em cada criatura para a decodificação das frequências. Aos poucos, alguns emissários dos Mestres dos laboratórios conseguiram adentrar o campo terreno e edificar estruturas de condensamentos representativos das realidades ilusórias para o cumprimento dos propósitos, o que mais adiante foi chamado de civilizações. Ou seja, agrupamentos de experimentos afins em regime de sociedade guiados por forças sutis divinas. Com o passar dos milênios terrenos, as estruturas foram se aprimorando e as interdependências de sobrevivência foram abrandadas com a possibilidade de vivenciarem por mais tempo os deveres a serem aprendidos no campo terreno. Após longos períodos de experimentos, os sistemas de reprodução corpórea entre as estruturas já viventes foram adotados, levando em conta a semelhança com as cápsulas de envio existentes nos laboratórios astrais".

Refazendo o percurso da conversa com o Mestre orientador para lhe apresentar a experiência que tivera, pude observar que a estrutura mórfica do que chamamos hoje de útero é muito parecida com a forma das cápsulas de envio utilizadas há muito tempo nos laboratórios. Trata-se de uma estrutura arredondada, com um vórtice no meio para a gestação do condensamento celular necessário para que os sistemas desenvolvidos nos laboratórios sejam gradativamente enviados para compor a emancipação do campo morfogenético e estabelecer a residência de contato com o espírito tarefeiro.

Outras criaturas receberam estruturas mórficas de aparelhagem de depósito do material para o envio de microestrutura celular. Assim, o encontro entre a cápsula de gestação e seus materiais celulares seria capaz de equalizar uma frequência condutora à formação corpórea.

Essa foi a melhor fórmula encontrada para o povoamento da faixa terrena, sem distinções de criaturas, porém cada uma com conhecimentos celulares distintos, necessários para cada aprendizado, independentemente de utilizá-los para a formação de outros seres em experiência humana.

Há civilizações que se reproduzem pela frequência do amor. Unem-se em pensamento sem qualquer tipo de toque e, por meios intencionais, elevam suas fagulhas energéticas à unicidade de frequências, fundem-se entre si para que nasça uma nova estrutura corpórea, sem arrazoamentos de masculino ou de feminino, enquanto que tais diferenciações são contidas ainda na faixa terrena, diante da densidade vibratória que permeia as mentes e estruturas energéticas próprias do planeta.

São conceitos e aprendizados que observo atentamente a cada tarefa que a mim é oferecida na estrutura vibratória terrena.

As mentiras e os disfarces corrompem as mentes que não se conectam ao que seja efetivamente verdadeiro.

As verdades se perdem no barulho dos pensamentos sem identidade e correlação plena entre o corpo e o espírito residente. As convulsões mentais são pontos de calibragem rápidos que servem para equalizar a frequência originária do ser em experiência terrena. Pouco a pouco, os aprendizados chegam e são colocados em prática por aqueles que se encontram minimamente na faixa terrena.

Uma confusão se inicia, contudo saiba que ela nada mais é do que um benefício para que você compreenda o que efetivamente segue como a conexão entre a faixa terrena e o campo espiritual, sem promessas de salvação.

Deitado em uma relva, nos campos solares de Alvorada, ouço o som parecido a uma revoada de albatrozes e, muito perto de onde estou, escuto súplicas, agonias e ressentimentos. Não sei ao certo que lugar é esse, o pouco que sei é que captei uma mensagem de recepção da antena dos sonhos e devo enviar o meu espectro desdobrado para tal lugar, a fim de cumprir a necessária tarefa espiritual.

Essa captação de sonhos era novidade para mim, estava diante de uma tarefa iniciática posto que Mestre André já havia me advertido de que, em Alvorada, a qualquer momento os tarefeiros podem receber sonhos de forma inesperada e lidar com vários tipos de missão. Então, me coloquei à disposição do que estava por vir, acredito que as minhas habilidades e merecimento foram ponderados para tal finalidade.

*Deitar-me-ei nas relvas límpidas do alvorecer e sentirei a energia divinal preencher meu Ser com tudo que for bom e saudoso. Servir é um primor e não devemos pensar acerca da leviandade das atitudes de outrem, para não desviarmos o pensamento do bem*, foi o que pensei tão logo percebi que o campo vibratório estava seguindo para os resgates em densidades pretéritas. Talvez fossem ainda seres recém-desacoplados de sua última encarnação, talvez fossem seres entregues à erraticidade[2] do vazio confuso consciencial.

O desvio de energia psicossomática tem atrapalhado a humanidade que está presa à pequenez do agir, do falar, do sentir e do reagir. Nada vem de forma inconveniente. Achar que somos eleitos aleatoriamente para cumprir nossos objetivos é sinal de fraqueza, pois pensar assim só vai fazer com que deixemos as mazelas tomarem proporções inimagináveis e sucumbiremos em nós mesmos.

A falta de atitude reflete no jeito de agir no presente, mas a permanência nesse estágio de solidão no devaneio é escolha de cada Ser em experiência humana. Depois que consegui o contato com os Seres Superiores, percebi quanto seria fácil viver na faixa terrena, mas, ao mesmo tempo, notei como é difícil o Ser sozinho aprender e evitar erros previsíveis, sem a conexão intermundos.

Os primeiros questionamentos ao chegar à erraticidade foram:

"Culpa, culpa, minha extrema e rigorosa culpa. Esse é o pensamento mais comum quando algo não acontece conforme o planejado. Entretanto, e a crença na espiritualidade? E a esperança de dias melhores? E o confiar nos seres que nos regem? E a resignação? E os estudos da caridade? E...?"

Nem sempre os seres em experiência humana conseguem se lembrar de tudo o que já foi armazenado em si, como os aprendizados, os antídotos para os momentos de aflição. Assim, afogam-se nas correntezas das amarguras e das culpas... e, desse modo, a sombra se faz presente de forma cada vez mais constante.

---

2. Condição de existência pela qual os espíritos desencarnados passam durante o período entre uma encarnação e outra.

Encontrei algumas sombras presas no vácuo da consciência, onde gritos de várias manifestações de filiação eram presentes. Permiti-me mergulhar no vale de lágrimas e lamúrias que estava à minha frente.

*Nada é bom, tudo é prejuízo,* foi o que pensei naquele lugar. Desperdício de saber, humanos inconsequentes que choram o passado e se perpetuam no presente obscuro de lamentações. Várias mensagens chegavam e a sombra nem sempre conseguia ser invadida pela luz.

Formou-se uma camada densa de energias não fluídicas. Essas energias que impediam que o bem pudesse tocar o coração da criatura enferma. Os ouvidos estavam tomados pelos próprios erros, as línguas envoltas em reclamações, os olhos atiradores de defeitos, o olfato cheirando o caldo que escorre do corpo previamente em putrefação e o pensamento se fixando ao absolutismo das convicções deturpadas.

Deparei-me com um espírito disforme que me disse:

— Ora, ora, senhor! Ninguém nasce em berço esplêndido, ninguém.

— Faça com que a luz penetre seu Eu e adquira passagem livre nas suas ações e pensamentos. Pondere o modo de usar seus sentidos para si e para o outro — respondi imediatamente.

— Ah! Quantas e quantas chances perdemos no dia a dia e deixamos para depois.

— Partir para a solução é o primeiro passo para a ressignificação dos problemas, porque permanecer na inércia obscura somente o levará à loucura dentro da sanidade aparente. Muitos são os testes e poucas são as provações. É dever de cada um buscar a evolução da condição humana, mas, para que isso ocorra, é preciso, primeiramente, melhorar-se e enxergar as fatalidades da vida como aprendizado necessário para o seu crescimento, sem deixar de agradecer. Pode parecer estranho agora, mas em algum momento saberá e entenderá o que digo.

— Entrego-me à luz e nada acontece comigo. Vocês são mentirosos quando dizem que devo me arrepender dos equívocos e acolher as sombras residentes em mim.

— Compreendo a sua revolta, afinal, foram muitos suicídios provocados por não conseguir gestar qualquer criatura dentro de suas realidades. Foram testes fortes, e a todos eles você fugiu da vida para se manter na erraticidade. Faço votos de êxito e sugiro neste momento que a sua sombra acolha a luz também presente para que, unidas, possibilitem que a paz reine em sua essência.

O silêncio invadiu o nosso diálogo e uma forte luz aspirou aquele espectro para os primeiros tratamentos nas zonas de recepção e ressignificações de sonhos. O próximo passo para esse espírito será a reestruturação da consciência para que possa entender que, no propósito de criação, não constava a gestação de outros seres por meio da estrutura corpórea criada, mas sim a ampliação da frequência do amor a indistintas pessoas e empreender estruturas de propagação da elevação consciencial.

Tenho certeza de que em pouco tempo o espectro energético preso ao caos das afinidades terá nova chance no campo vibracional terreno para a neutralização dos equívocos edificados sobre sua leviandade mental.

# Capítulo 14

Ainda sintonizado à antena de captação dos sonhos, concentrado no cumprimento da tarefa designada, eu fazia um exercício para manter o equilíbrio diante de tantas agonias vistas e sentidas em ressonância àqueles seres.

Lembrei dos direcionamentos amorosos da colônia Alvorada: estabelecer a paz em qualquer situação; silenciar mais a mente do que a voz; estar verdadeiramente à disposição; prestar atenção ao ritmo dos pensamentos, dando a cada um os antídotos necessários; não desejar a experiência alheia, em qualquer nível de consciência; amar indistintamente os seres residentes; respeitar os chamados para palestras e reuniões; banhar-se nos sóis, no mínimo, uma vez por ciclo; respeitar as instruções dos Mestres; falar somente quando for necessário; guardar a colônia com fidelidade; exercitar a frequência sonora de origem para aumentar a capacidade energética de si mesmo e do local; prestar atenção aos locais apropriados para o desenvolvimento das tarefas; não se pronunciar sobre qualquer assunto que não conheça; pulsar em sintonia à energia da colônia para manter a segurança das zonas de recepção e de envio dos embriões; respeitar os sonhos, independentemente de sua concordância; estudar, principalmente, aquilo que diz saber mais; não negligenciar aquilo que diz saber menos; buscar olhar a essência de cada ser residente; em caso de dúvidas, pergunte antes de se aventurar na execução; em caso de certezas, pondere antes de prosseguir.

Esses são alguns direcionamentos que fixei em minha consciência e, a cada passo nesse lugar de agonias e choros, prosseguia com maior certeza da importância do Bem Maior na sustentação infinita das zonas conscienciais que interligam as diversas manifestações dos mundos.

Ouvi um toque de alerta para seguir na tarefa de recuperação de espectros na erraticidade. É hora de concentração, pois as cápsulas de envio já estão à nossa espera e os Mestres condutores não podem esperar.

Mestre Miguel já estava a postos para as últimas informações e um grande elo de energia translúcida cegava os meus olhos e os dos demais tarefeiros. Senti no meu peito uma energia da qual não consegui dimensionar a potencialidade, uma fé que jamais senti e uma certeza exata e justa.

O Panteão estava a rezar pelos espectros enfermos, oriundos de rejeições de filiação, fruto de experiências advindas de abortos e infanticídios. As lágrimas correram naturalmente ao enxergar tamanho sofrimento, e, por segurança da manutenção do equilíbrio consciencial, fechei meus olhos e deixei que aquela energia de paz e fé que Mestre Miguel emanava me conduzisse ao meu ofício.

Egos, vaidades exageradas, inveja, luxúria, ciúme doentio, fanatismo, obsessão, vinganças, mentes fracas, muito fracas por sinal, regiam o lugar. O limbo é a forma-pensamento de todos ali, e nós deveríamos despertá-los para a verdade real residente na essência de cada um. Diante da necessidade de ser pai, mãe ou o melhor filho, os seres em experiência humana agem de forma grotesca e impensada, materializando aberrações.

Foi necessário aplicar antídotos e começamos com uma oração de acalento e abrandamento da energia que se esparramava sobre os Seres que ali habitavam.

\* \* \*

"Que a energia puríssima e repleta de amor se faça presente neste lugar. Anjos, Arcanjos, Mestres de todas as direções e formas, Panteão Soberano, equilibrem as vibrações que emanam do coração dessas criaturas. Fonte originária, inteligente e criativa, tenha piedade para com todos. A culpa já é um grande castigo, e o plantio do amor, da esperança e da fé devem aqui se manifestar. Clamamos por todas as forças vibracionais do Bem, ajudem-nos na prática do Bem e que o invólucro magnético do conhecimento nos acompanhe agora e sempre."

A oração foi feita com insistência e humildade, com toda a força que nos envolvia naquele instante, e na sequência iniciamos o percurso. Inicialmente, encontramos algumas criaturas clamando por perdão e misericórdia. De maneira desordenada, cada um começou a relatar seus problemas, suas lamentações, seus pesares, seus planos frustrados.

A disciplina foi o nosso primeiro tema, assim como a paciência. Mestre Miguel, que nos acompanhava nessa ação, disse:

"Irmãos, façamos um exercício simples, pratiquemos neste momento o mais absoluto silêncio. Silenciem suas bocas e pensamentos, deixem que agora o nada prevaleça. Após essa higienização momentânea, tratarei acerca da disciplina associada à paciência. Uma coisa está completamente envolvida pela outra, porque não há paciência sem disciplina, assim como é impossível manter disciplina sem paciência. Eu lhes direi o porquê. A plenitude está primeiramente em exercitar a tolerância consigo e depois com o próximo. Observar a evolução do tempo pode não ser o melhor caminho para alcançar a calma. Mas... se praticarem coisas boas, usando a própria inteligência, ousarão dizer que a paciência vai começar a invadir sua consciência e a disciplina fará parte do seu modo de agir. Serei mais claro por meio de um exemplo: havia um rapaz que tinha muitas atribuições e sempre procurava cumprir cada uma delas com primor. O tempo foi passando e a velhice foi se aproximando, as doenças eram inúmeras e a saúde cada vez mais esquecida. Um velho companheiro de jornada, mas sempre tido como pragmático, esbanjava saúde e nem falava em doenças. Foi então que o enfermo colocou em xeque vários episódios da sua vida e verificou que nunca tivera paciência, nem disciplina nas tarefas normais do dia a dia. A exaustão era constante, o sufocamento, o aperto no peito, o peso na cabeça. Com o tempo, tudo isso tornou-se parte do seu Eu e somente agora percebera o modo equivocado de viver. Problemas existirão sempre, mas a diferença está na disciplina para organizar as ideias e na paciência para executá-las. Ainda bem que nunca é tarde para refletir e desacelerar o ritmo sufocante que cada um impõe à vida terrena. Julgar quem agiu certo ou errado neste momento não me convém, mas é claro e evidente que o caminho da disciplina e da paciência é o mais indicado. Desta forma, meus irmãos, quero dizer que o pedido de misericórdia e perdão foi ouvido, e nós estamos aqui para ajudá-los a curar todas as feridas adquiridas e transformá-las em cicatrizes de vitória. Todos ergam suas mãos, elevem o pensamento ao Astral Superior e peçam com firmeza e fé pela salvação. Vamos ser os tripulantes da nave que abraça esse pensamento, para que eu possa conduzi-los aos departamentos mais altos e que o sim prevaleça até o fim dessa viagem".

Depois da mensagem de Mestre Miguel, um espectro pediu a palavra e disse:

— Não sei há quanto tempo resido neste local. Lembro apenas de minha mãe empurrando o meu invólucro corpóreo em um vaso sanitário, com ciúme das atenções que a minha chegada lhe provocara. Não entendia o porquê de ela estar fazendo aquilo comigo, parecia que teríamos longos anos de aprendizado, mas fui excluído da vida de maneira brutal. Senti uma dor muito forte, aquela que seria minha mãe não tinha o direito de me matar.

— Aquela que esteve em experiência momentânea como sua mãe cumpriu uma tarefa de muita coragem. A ela cabia interromper o ciclo que ambos já tinham acordado antes do acoplamento final. Acalme o seu espírito. Pode ser que agora não se recorde, mas você decidiu vivenciar a experiência gestatória e passar poucos dias na convivência daqueles com quem estava preso em amarras cármicas. Com a sua chegada, muitas reflexões afloraram e agora eles seguem no amadurecimento necessário daquele ato provocado. — Falei sob a supervisão de Mestre Miguel.

— Realmente, não estava lembrado do acordo e muito menos da importância de toda essa experiência. Eu já estava me unindo a outros desordeiros para persegui-la até que me sentisse vingado. Irei ressignificar os meus sentimentos sombrios para enxergar a verdadeira atitude daquela mulher a fim de que o meu espírito tenha condições de receber o necessário no cumprimento da minha jornada. Estarei em prece por ela e por todos que a acusaram brutalmente sem perceber o sentido sutil espiritual de toda essa experiência. O senhor pode me ajudar?

— Ponha-se em silêncio e expurgue seus monstros internos. Deixe sair tudo aquilo que não lhe pertence e enxergue o poder que habita em sua consciência pura. Beba esse antídoto, ele irá ajudá-lo no processo.

O espectro fez a ingestão do antídoto e em seguida desmaiou, justamente para que tivesse acesso à reprodução de memórias alegres por meio de sonhos, a fim de viabilizar sua recepção em Alvorada para ressignificá-lo.

Outros espectros que escutaram as palavras de Mestre Miguel fecharam os olhos e cada um, imerso em sua enfermidade, começou a fazer seus pedidos. Nós, tarefeiros, conduzimos tais súplicas às instâncias superiores. Um imenso clarão surgiu e fomos levados ao Portal na entrada de Alvorada, sendo cada enfermo amparado por equipes que já os aguardavam para tratamento.

O sentimento de dever cumprido foi muito bom, principalmente quando já conseguia ter segurança nos dizeres superiores, sem questionar acerca da veracidade e possibilidade dos fatos. A avalanche de sentimentos bons adquiriu espaço permanente em nossas mentes e fez com que déssemos apoio aos Mestres que nos direcionam tão sabiamente para o caminho correto.

Eles são admiráveis criaturas que gozam de infinitas reservas de luz, distribuindo a todos os necessitados essa imensidão de solidariedade com o próximo. É nosso dever sempre buscar a condução plena nesse desmantelo constante na escadaria contínua da evolução espiritual. Os obstáculos são necessários, jamais duvide dessa certeza, porque a vitória depois da superação tem valor também consciente.

# Capítulo 15

Partimos para outros conglomerados de espectros na erraticidade, negociados por seus pais como mercadorias de puro desejo. A filiação aniquilou o coração e fixou morada somente na mente equivocada na valorização de ter apenas para mostrar.

É engano de muitos seres em experiência humana acreditarem que fizeram "caridade" na faixa vibracional terrena por meio da adoção ou comercialização de outros seres, uma vez que o dinheiro que lá era usado para pagar e facilitar muitas coisas não tem valor aqui.

Em verdade afirmo que o dinheiro posto na faixa vibracional terrena é um teste ardiloso cujo propósito poucos sabem cumprir sem cair em tentações. Que solidão desoladora, que vazio mais vazio, que preocupação descabida, que pesar sem peso algum, que apego muito próximo, que fé sem fé.

Jamais duvide dos desígnios da espiritualidade. Quando lhe impuserem uma tarefa na qual o dinheiro seja apenas um mero instrumento para ter o necessário à sua permanência no plano da Terra, saiba que, ao partir, deixará o que sobrou apenas para que suas futuras gerações se lembrem de você.

Mas e se não deixar nada? Se ficarem somente dívidas materiais? É sinal de que esqueceu o compromisso também material, pois existem pessoas que se dedicam à espiritualidade e têm o pensamento fixo nela. Deixam de construir algo material para serem benquistos. Livros, escritas reflexivas, obras edificantes de ampliação do conhecimento coletivo... Até mesmo monges, padres e seres no celibato deixam algo para seus sucessores. É a lei do direito divino de dar e receber.

Não deixando nada, em nada ficou presente a sua existência nessa faixa e facilmente será esquecida sua trajetória vazia. Nem sempre ter veiculado a chegada de outro ser em experiência humana representa o grande presente da sua passagem na Terra. Coube a Maria de Nazaré os louvores pela honrosa tarefa de veicular o broto de amor para implantação no planeta Terra, mas também outras obras edificantes fazem parte da história da Mestra. Não busque aplausos nem reconhecimento pelo que faz, contudo é sempre muito importante registrar a sua permanência na faixa terrena.

Atitudes e marcas da sua trajetória ficarão cravadas na história da sua época e nem a mais poderosa borracha conseguirá apagá-las. Laços familiares, afetivos, amigos inseparáveis, promessas feitas, dívidas pagas e outras contraídas, tudo isso fará parte do seu grande livro da vida. Pode não deixar nada escrito, mas deixará uma boa lembrança gravada na mente e no coração das pessoas do seu convívio.

Existem muitas coisas que os seres encarnados deveriam lembrar, mas são tantas coisas que a vida começa a ser dividida em ciclos para dar tempo de resolverem e perceberem tudo isso. Permanecer em uma única fase da vida representa um atraso nem sempre recuperável. Quantas e quantas pessoas você conhece cuja vida passou e nem um rabisco fizeram em seu livro de existência? Lamentável informação, mas estes voltarão com o mesmo livro começado no segundo capítulo, pois o primeiro será preenchido com tudo aquilo que deveria ter sido feito e que, de forma negligente, foi deixado para trás.

Eu me lembro de quando era residente do Departamento de Escritores Lucius. Lá encontrei um senhor que, na sua última encarnação, pregava a palavra de Cristo Nosso Senhor e arrebanhou multidões, mas... o lugar prometido não chegou. Ao visualizar o local para o qual tinha sido direcionado, a revolta cravou uma estaca em seu peito e o inconformismo se apoderou do seu Eu.

E a fé de outrora? E todas as palavras ditas como certas? Para onde foi todo o ensinamento repassado para o rebanho? Muitas ovelhas já galgaram níveis superiores e o líder aqui ainda permanece. Por que tudo isso? Por quê?

Esses eram os questionamentos que ouvi desde o primeiro contato com esse senhor. O coração dele fora invadido por uma revolta grandiosa, cujo trabalho estava apenas começando. Não é porque desencarnamos que os testes terminaram. Eles continuam e, nesse primeiro teste, o arrebanhador de ovelhas padeceu. No entanto, estava guarnecido com munições fortes para saber superar toda a tormenta aparentemente apresentada, como forma de confirmação e autenticação da fé, mas... não existe certeza de evolução enquanto as palavras não penetrarem verdadeiramente e não se agregarem ao seu Ser.

Disputar consigo mesmo é uma batalha de sofrimento e desânimo. Pregar algo com o qual não concorda ou, se concorda, não acredita piamente, é tolice. Somente estará enganando ao seu consciente, porque o inconsciente vital sabe a verdade.

Ainda nos campos de Dégora, zona periférica visitada, reuni alguns espectros e lhes falei que o conhecimento espiritual acompanha e enriquece a trajetória, porém o *status* social fica, assim como todas as aquisições de ordem material. As falhas e tropeços o acompanham do desencarne até o primeiro capítulo do próximo encarne. Enquanto não superar esses equívocos existenciais, sempre sua história começará no segundo capítulo. Até quando?

Essa pergunta somente você e suas atitudes poderão responder, felizmente. O outro pode ajudar na trajetória de experiências na faixa terrena, mas cada um escreve a história em seu próprio livro.

A função do outro na vida de cada encarnado não é aleatória, tudo tem uma explicação. Além do mais, todos precisam de todos justamente para alcançar essa plenitude espiritual tão almejada. Pode acontecer de haver solidão por desejo, mas não por força da multidão. Todos são livres e compartilham a vida como imensos vagões que compõem a trajetória.

As pessoas sobem e descem constantemente dos vagões da nossa vida e algumas seguem viagem por longos percursos, outras somente até a próxima estação e, muitas outras, sobem e descem na mesma estação da experiência encarnada.

O primor de tudo isso é que cada ser encarnado permanece como o maquinista desse trem e, nos trilhos da vida, escolhe os caminhos a serem percorridos. Nesse percurso escolhido, estações diferentes serão conectadas a outras estações. Você não escolhe de forma imediata quem sobe e desce de seus vagões, mas escolhe o caminho e as estações a serem visitadas.

Ah! Não existe caminho reto, sempre há uma bifurcação e, ao se aproximar dela, você poderá mudar o seu trajeto. Aproveite a sua experiência encarnada e faça dela o seu melhor capítulo.

# Capítulo 16

O universo dos pensamentos representa uma importante reflexão no momento em que estamos vivenciando essa tarefa nos campos de Dégora. Por exemplo, a lembrança de tudo em que antes não queria pensar é potencializada. O lado sombrio da dualidade existencial na faixa terrena nubla a inteligência e o senso de verdade. Para andar pela escuridão da mente não é necessário chegar até as zonas periféricas. O encarnado pode ter uma vida terrena apenas mergulhado nas sombras e beirando os abismos fétidos.

As flores transformam-se em espetos, os rios em leitos de sangue, o pomar em cemitérios e as lembranças em pesadelos. Esse é o mundo das sombras. Parece que nada acontece, contudo muitas coisas acontecem. O tempo só vale quando medido pelo sol, pois, nas sombras, é um relógio quebrado com os ponteiros cravados na meia-noite.

"Ó gritos que soam como música, vingança que é a caridade deste lugar." Não há simplesmente apego, mas muito além do apego. As palavras são incapazes de expressar o que é sentido e vivido. A impureza é o ar que todos respiram e o frio é uma chama ardente sobre a pele desprovida de beleza. Os espelhos refletem a verdadeira pessoa de sempre ou de quase sempre, por isso as rachaduras são muitas para tentar dividir os períodos e amenizar as sombras que são demasiadas.

Tudo aqui se mostra de forma exagerada. O clarão só aparece na mente de um residente quando ele atinge um determinado grau de reprovação em seus atos. Seivas gaseificadas explodem a cada instante, gerando um turbilhão nas mentes fracas e presas aqui há muito tempo.

O fim nunca é esperado, entretanto chega para uns, permanece para muitos e faz parte da nova rotina dos que aqui chegam. Não há tempo para a solidão, pois o primeiro morador desse raivoso mundo somos nós mesmos. A mente tem sede e as mãos não chegam até a água. Que água? O banquete está servido com abutres como nossos amigos fiéis e inseparáveis. Tome um cálice do seu próprio esgoto e saberá o seu sabor.

Esse é seu gosto, gosto que muitos saborearam e agora é chegada a sua vez de enjoar de si mesmo. Medite e devore-se, até receber a autopiedade. Só depende de você, apenas de você. Perceba quanto está perdido dentro de si mesmo e que somente a procura não basta. Encontre-se, harmonize-se, eleve-se.

O pensamento lamentável dos seus orgulhos são gargalhadas que ecoam neste campo de ressignificação. Escutarei pacientemente as lamentações dos espectros entregues ao vácuo consciencial e injetarei antídotos de alegria em seu Eu. E, com gritos de incentivo, direi: "Vamos, criaturas, levantem-se". A legião da luz está aqui para resgatá-los, mas, se quiserem, poderão permanecer aqui o tempo que desejarem.

A convivência nesse mundo sombrio pode trazer a paz que muitos esperavam, pois em nada diverge da maneira como viviam antes. Após o desencarne, muitos reencontram o mundo tão esperado, porque a realidade não é muito diferente do que viviam no dia a dia. Para a maioria, banhar-se com água fluidificada ainda é um tormento.

- Tenho fé de que muitos alcançarão essa fonte inesgotável de água fluidificada e fortalecida pelas orações de seus parentes e amigos. Entregar-se e mergulhar nessas águas será a chave que abrirá a porta do coração de cada um.

Somos instrutores e apenas transmitimos os ditames recebidos pelos Mestres orientadores. Mesmo assim, nada impede que os espectros na erraticidade tentem nos subornar. Esse é o comportamento típico que geralmente parte daqueles que não sabem o que dizem.

Tudo o que vi me emocionou sobremaneira, mas já entendo que aqui residem tantos eus quanto um espírito possa suportar, afinal, as afinidades se dão pelo entrelaçamento energético das intenções conscientes de cada um desses "eus".

Aqui, a felicidade é um sentimento de momento e as sombras os espreitam como um cão faminto em busca da carne tão almejada. Pode acontecer de um ou outro sucumbir, contudo os que aproveitarem os antídotos terão maior chance de se levantar. Para que isso ocorra, é preciso ter força e esclarecimento, e lembrar dessas palavras fará com que os resgates nos campos de Dégora sejam eficazes até onde nos for permitido seguir.

A palidez no rosto dos residentes é algo lamentável, pois acreditam que o sangue ainda corre nas veias e que o remédio chegará a qualquer momento.

Os antídotos de fortificação são distribuídos para os interessados. O nosso trabalho é caminhar pelos campos de Dégora e respeitar o momento sombrio de cada criatura e dar-lhe amor. Na dualidade genética dos seres em experiências encarnadas, os egos são monstros corrompidos pela necessidade de dar satisfação constante de superioridade ao outro, inclusive na obrigação de ter que nascer, crescer, casar, ter filhos e morrer dormindo. Porém, as experiências seguem do jeito exato aos propósitos de cada um, sem repetições de histórias. Cada fração magnética com suas responsabilidades.

Os companheiros de tarefa tentaram levantar alguns, mas já aconteceu de caírem com eles diante da mistura de sentimentos e escurecimentos da alma. Estou também em teste, não fui chamado para essa tarefa aleatoriamente. A todo instante, é necessário cultivar meu estado consciencial vigilante nos desígnios da Fonte inteligente, porque, se eu abrir espaço, a loucura do outro pode me infectar.

Basta um só pensamento afim que já me sinto no lugar dos enfermos. Estou aqui para ajudá-los e assim farei, sempre me guiando com o pensamento na luz.

É chegada a hora de mais uma oração máxima, todos nós instrutores tarefeiros fizemos um círculo de mãos dadas e iniciamos nossa conexão com Alvorada. Pétalas de rosas brancas e tantas outras flores foram mentalizadas para todo o ambiente e naquele instante os gritos viraram silêncio. Ficou no ar um aroma de harmonia, misturado a amor e à infinita misericórdia.

Todas as faixas vibracionais estavam unidas no mesmo pensamento e formamos um elo universal para que nenhuma força contrária resistisse ao nosso apelo. Nessa hora, muitos espectros foram ressignificados na sonolência do resgate e permanecemos em sustentação até a chegada dos socorristas neste campo banhado pela escuridão.

Aos poucos, alguns espectros deixaram a escuridão consciencial, enquanto outros resistiam e mantinham-se presos com muita força ao lado sombrio. Tenho a convicção de que, a cada oração realizada neste lugar, muitos espectros poderão ser recuperados e, gradualmente, lhes daremos a oportunidade de seguir a estágios superiores para a aprendizagem de novas realidades.

Durante o resgate, um espectro se pronunciou afirmando que não tinha dúvida de que, em pouco tempo, muitos dos que partiram poderiam retornar e prestar auxílio. Ele disse a verdade. Afinal, todos são capazes, basta acreditar no próprio potencial. É fato que entregar-se aos erros e incertezas somente tornará a sua sombra mais evidente, permitindo que o monstro possa sair para atacá-lo.

Ah, que reflexão oportuna daquele que já consegue enxergar uma nova chance! Por que muitas pessoas transfiguradas por sentimentos desapercebidos e apegos singelos insistiam em permanecer ali? A vida encarnada e desencarnada não é fácil, mas nessas tarefas todos têm grandes responsabilidades. Tudo será gerido por nossa mente.

A grandeza de cada um somente pode ser percebida pelo mais puro e infinito amor da faixa vibracional emanada pelo próprio Ser. A responsabilidade é de cada um e por isso a grande relevância em assumir responsabilidade por tudo que de mau e bom praticar nas existências.

As escolas espirituais também estão acessíveis aos seres em experiência de encarne. Não são compostas por paredes nem pessoas, estão construídas dentro de você e podem ser acessadas durante os seus sonhos, ajudando-o a despertar para o conhecimento singelo. Por esse motivo, sonhe e deixe fluir a sua entrega enquanto dorme, fortaleça-se antes de dormir e vigie-se para que os sonhos não sofram interferências. Comece os estudos.

Há sonhos reveladores, esclarecedores, didáticos, mas também há sonhos que soam como pesadelos constantes diante da corrupção mental do ser que vive a experiência na Terra. A literatura espiritualista vem orientar e instruir, agindo como professores que tiram as dúvidas dos estudos autodidatas. Deixar essa gama de informações aprisionada dentro de si é um lamentável prejuízo e atraso de tempo.

Ao ser despertado para as oportunidades da verdadeira vida, não se permita mais andar obedecendo às sombras nem deixe que alguém ande nelas por você. A guarnição deve ser colocada de maneira correta e estrategicamente planejada, desde que você esteja consciente do Bem construído pelo interesse real.

Deixe que o sopro do conhecimento invada o seu espírito, purificando-o de todo mal que antes atormentava seus sonhos e seus desejos. No diapasão da vida, só você poderá escolher qual o caminho que deseja percorrer, uma vez que o outro é responsável pela vida dele, e não pela sua. A guarnição é individual e deve ser fortalecida por seus guardados.

Mente fraca, sombra evidente. Mente forte, sombra equilibrada.

Vagar pelos campos de Dégora é pairar na insensatez da burrice humana e rejeitar o conhecimento espiritual da naturalidade da evolução no cumprimento dos propósitos reais e não dos imaginados pelas mentes presas aos calabouços de sentimentos. Enxergar o verdadeiro sentido das mensagens é pairar no jardim secreto ofuscado pelas sombras de cada um, mas que estará sempre à sua disposição.

## Capítulo 17

Os exaustivos gritos atormentavam os que gritavam, muitas vezes sem saber o porquê de tanto desespero e lamentações. Muitos ainda sentiam as dores da rejeição no campo uterino, outros ainda sentiam a dor do impacto da dilaceração homicida, outros sentiam o voo pesado do suicídio no vácuo familiar. Conheci algumas histórias de espectros ali residentes cuja tormenta era tamanha e o absolutismo das ideias terrenas eram crosta encardida.

Ao perceber as sombras de um determinado espectro e tentar tirá-lo do lamaçal que havia criado, senti minhas energias enfraquecerem e se dissiparem, visto que o que aqui existe é fruto do pensamento e do raciocínio de cada um somado ao todo.

Aqueles com pensamentos similares aproximam-se e equiparam-se a essa vibração tão densa e sombria. O espectro ajudado estava em desespero porque deixara no plano terreno o seu assassino e não aceitava que agora a família o chamasse de pai. Fora substituído por um assassino, sim, esse era o nome que dava ao homem que o substituíra. A esposa do enfermo encantara-se pelo tal assassino. Por essa razão, assim como por sua incapacidade da paternidade, ela o deixou.

Pouco a pouco, a separação enfraqueceu seus sentidos e a ideia fixa de destruir aquela nova família que tinha acabado de se formar o empurrava cada vez mais para a lama. Embora tivesse consciência de que a lama era o seu guia e a sombra o seu reflexo, persistia na vaidade e no orgulho de recuperar a família a qualquer preço.

Ledo engano do enfermo. O sentimento de vingança e discórdia que se alimenta contra o próximo é porta de entrada para uma legião de espíritos desencarnados carentes de morada e de encarnados solitários desesperados por companhia, guiados por magos da escuridão d'alma. É nesse processo que lentamente vão se acomodando um a um, e a somatória deles forma o que se conhece por legiões. São esses grupos que, nesse caso, somente levariam o enfermo a perecer ainda mais em sua vida vazia.

Atitudes mal pensadas e ao mesmo tempo muito bem arquitetadas podem dar certo num primeiro instante, mas os desdobramentos dos atos serão levados às últimas consequências, gerando noites atormentadas, olheiras evidentes, desgastes físicos, insônia, noite sem estrelas, vento que sopra, mas não refresca, sucesso com gostinho de "quero mais"...

Tais atitudes apenas promovem a busca inconsequente de algo que jamais se poderá alcançar. E, diante dos Mestres orientadores, ninguém poderá mascarar as suas verdadeiras intenções. Mesmo sabendo que estão constantemente vigiados, muitos espectros residentes esquecem essa valiosa informação e se deixam cair em atitudes levianas e antiquadas aos ensinamentos de outrora. Que haja mudança positiva, sempre para a frente, e não que promova o retrocesso dos atos, palavras e atitudes.

O espectro enfermo que mencionei estava cego pela vontade de justiça. Ele seguia sua própria lei e o poder de decisão sobre suas palavras e ações desastrosas cabia somente a ele. Vai-se uma caridade e adquirem-se dezenas de equívocos. Sim, equívocos, pois, nessa conta matemática, é muito difícil falar em dívidas somente cármicas, posto que, na dinâmica do amor reinante na alta espiritualidade, são utilizados também cálculos de proporção.

A princípio me senti fraco por ter presenciado tantas intempéries, combatidas por meio de uma única atitude de amor, do mesmo modo que um cão protege o dono com toda a força e a coragem inerentes à espécie. Sempre me recordo dos ensinamentos dos Mestres que compõem a colônia de envios educativos, Lucius, para saber superar com equilíbrio todas as tormentas advindas daquele espectro, mas que também podem ser minhas, basta que eu dê espaço e abra a minha capacidade consciencial para captar todo o pesadelo do outro.

Eu posso saber, conhecer, entender, compreender... mas o problema e a sombra do outro sempre será do outro, mesmo que eu o ajude com toda a minha vontade. Querer dividir o problema dele ou de tantos outros é uma batalha muito perigosa, na qual desde o início já saio em desvantagem, ressaltando que, caso eu não empregue a vigilância dos pensamentos, o insucesso será a única porta aberta para mim. Nessa minha trajetória, não deixarei que o poder mínimo se transforme em máximo e que o máximo triunfe com doses de eficiência e caridade.

É grande o poder do conhecimento compartilhado pelos Mestres, mas a vontade é minha em voar pelos abismos ou percorrer valiosos jardins de sabedoria e beber nas fontes infinitas de boas palavras e lições.

O Apocalipse tão esperado já ocorreu, visto que a vibração terrena caminha para sua destruição não por um cometa e sim pelos próprios residentes. Tornados, maremotos, tremores, explosão de vulcões representam apenas ferramentas utilizadas para desencarnes necessários a receber os que se afogaram no mar da ilusão. O Departamento Lucius, local que propaga a educação em Alvorada, prepara-se cada vez mais para receber as massas conscienciais. Eu, por ora, vou dando seguimento à distribuição de conhecimentos adquiridos.

Ó ilusão traiçoeira e atraente, é uma serpente que atrai todos para saborear o banquete de maçãs envenenadas. O local de desejo cegará ou somente existirá uma continuação do inferno mental que alguns seres em experiência humana já vivem e os quais tanto gostam de semear serpentes e colher vulcões?

Ó sangue desvairado de ódio, transforme-se em vinho para o poder do cálice da última ceia e lave o seu leito com mais amor. Mente perigosa e tão dominadora, servirá para ajudá-lo a sobreviver na zona das sombras, suas sombras e somente cada um por si?

As opções oferecidas no banquete de realidade dependerão do que cada um plantou em sua própria mente encarnada e o sabor será ao gosto da enfermidade de cada um.

Sentado no abismo sem fim e no rochedo mais íngreme, conheci uma senhora de nome burguês e a deixei desabafar todos os problemas enfrentados naquela faixa vibracional.

# Capítulo 18

Pouco dinheiro teve, apesar da burguesia de coração. Achava defeito em todos e banhava-se com as esmolas lançadas a seu favor. Todos acreditavam na plenitude da solidão e inteligência da mulher tão abençoada de feição e tão maltratada pela vida. Que vida? Não conhecia nenhum sentido da vida, pois em nada teve o prazer da riqueza. Ficou esperando esta chegar diante de abusos, acordos e chantagens de gravidez falsa, mas... A morte foi o seu pagamento.

E que pagamento... ela esperava somente uma esmola mais generosa para se dar bem na vida e tirar vantagem do outro, depois que executasse todos os golpes relacionados à maternidade. Ela via, em cada homem que encontrava, uma nova oportunidade de ascender socialmente pelo fato de carregar no ventre um herdeiro que valesse ouro. Pensamento bastante comum, mas incompatível com a espiritualidade.

Preguiçosa e insensata criatura, pequena nasceu e pequena permaneceu, não batalhou para adquirir independência e ter o próprio espaço galgado através de mérito. A sombra, a sombra, a sombra... Era a sua companheira de todas as refeições, com planos e planos para preencher o seu útero com um herdeiro que a tornasse rica.

Olhava-se no espelho e enxergava a sombra, a sombra, a sombra de não ser nem estar... Sempre colocava a culpa na sombra do outro, pois a dela era invisível aos seus olhos escurecidos.

Tantas luzes lhe foram apresentadas e nenhuma ficou. No grande livro da vida dela, identifiquei várias tentativas, mas havia lugar apenas para a sombra, a sombra, a sombra...

Foi uma pessoa de bom coração, mas a acomodação prejudicou o desenrolar da sua história a ponto de apenas o abismo lhe ser confortante. A filiação significava um impulso social que a levaria a realizar todas as aspirações confusas. Até que ponto poderia se deixar invadir por algo sublime e ser resgatada da palidez? Pergunta longa e, ao mesmo tempo, com resposta curta: Só dependia dela. Não existe convencimento de ninguém, todos são donos de si mesmos, principalmente na experiência terrena, e as escolhas devem ser tomadas em conjunto com o poder decisório da essência divina.

Aplique o antídoto sem ser contaminado pela peste traiçoeira que possa vir do outro, porque, quando você sair do ambulatório, estará pleno e capaz de atender aos enfermos à medida que surgirem. Tenha em mente que não seria possível concentrar o seu pensamento na compaixão desequilibrada, pois levaria o dia inteiro no atendimento do mesmo paciente e o antídoto teria que ser dividido apenas entre o enfermo e você.

É muito grave a mistura de sentimentos que julgamos certos e ao mesmo tempo nos fazem mal quando compartilhados. Aterrorizante atender alguém e depois ter a melancolia como o seu travesseiro daquela noite, não? Você acorda e a melancolia ainda está ali presente, banha-se e ela está mais reluzente do que antes, mas... o enfermo era o outro... e...

Prestou a solidariedade de forma indevida. Não percebeu que a mistura de compaixão com piedade formou um turbilhão de informações e condensamentos de energias que o seu espírito não estava preparado para receber.

Muitos são aqueles que julgam ter o poder da cura em trabalhos espirituais plantados na faixa terrena sem ao menos estarem curados das suas feridas e intempéries que representam portas abertas a ataques obsessivos. É como um leproso sem antídoto tentando segurar outro em estado avançado, isto é, uma insensatez gigante e irresponsável.

Viver por viver, ter por ter, sorrir por sorrir, chorar sem saber o porquê, sair por sair, chegar por chegar, ter e não ter, aprender sem saber, saber sem praticar... parece um exercício inconstante e melancólico, uma verdadeira aula de atividade física mental. Para o equilibrado, essa atividade seria mais bem compreendida, porque os propósitos estão mais claros e evidentes.

Há uma regra muito fácil de aprender e difícil de errar:

"Todas as manhãs ao acordar olhe-se no espelho e diga o que quer fazer no dia, lave o rosto e diga em voz alta que está preparado para encarar os desafios. Ao terminar o banho matutino, abasteça-se de alimentos fortificantes e pouco desgastantes, leves, porém sustentadores. No caminho para os afazeres, ouça uma música calma, não tão calma a ponto de lhe provocar sonolência, mas uma que o deixe calmo e o mantenha concentrado. Chegando na primeira tarefa, execute-a como o planejado e, se o imprevisto o visitar, aproveite dele o que houver de melhor e em seguida o dispense. Pouco a pouco, sua lista de compromissos estará preenchida e muito bem administrada. Ainda não houve tempo para pensamentos desastrosos, porque ainda está centrado nos afazeres. Na segunda refeição, alimente-se a fim de repor as energias sem, contudo, se sentir exausto. Reflita um pouco sobre o que fez e planeje o que fará daqui a pouco. Todas as atitudes estão sendo bem direcionadas e não houve tempo para intempéries. Chegou a hora de dispensar o repouso momentâneo e voltar às atividades. Tique-taque, tique-taque, tique-taque... a máquina precisa de uma nova calibragem. Assuma o comando e reforce os contatos com seus companheiros de jornada. A noite chega e você ainda tem atividades. Abraçar-se é o primeiro passo, depois distribua o abraço para os outros. Outro banho se faz necessário para jogar no ralo o suor do trabalho e preparar-se para um momento com o Altíssimo. Agradecer também faz parte do planejamento. O repouso se aproxima e a cama já o chama de forma insistente. Hora de tranquilizar seu cérebro e acumular energia para a máquina humana. Durma bem".

O que eu disse até agora pode aparentar ser uma rotina perfeita, mas, se não tem casa, se não há trabalho físico para executar, se a boa música não faz parte do seu enredo, se a rotina é completamente diferente da aconselhada, pratique o que for melhor para você, mas não esqueça de se observar a cada instante para não magoar o outro por inquietudes suas, não ser injusto com você mesmo ou com o outro, não ser ingrato pelos desafios a serem cumpridos, não ser uma criatura inconsequente e perdida nessa faixa vibracional da Terra.

Assuma seus sentimentos e erros, mesmo que demore um pouco para alcançar o amadurecimento da experiência terrena. Quando o outro o fizer sentir raiva e o aborrecimento chegar, dilua essas sensações em litros infinitos de sabedoria. Hoje você é o ferido, amanhã poderá ser o causador da dor. A dose do antídoto serve para todos, basta o equilíbrio prevalecer.

Caso não encontre uma gota desse valioso remédio, é sinal de que a impostura ainda está em você e precisa ser rapidamente diluída em litros e litros de sabedoria e sensatez.

# Capítulo 19

A chama da vela já apagou e o espectro enfermo ainda insiste em dizer que falta muito para chegar ao fim. Olha e não vê, cheira e não tem olfato, o paladar não tem gosto, escuta e não ouve, sente sem sentir... que desespero!

Apegou-se a tantas coisas banais de vida na Terra e agora é privado de sanidade. Quem estará pronto para cuidar da mente confusa desses espectros entregues à erraticidade?

Ó vaidade cruel que nem o espelho consegue suportar o reflexo provocado pela face doentia de agora e tão bela e esplendorosa de outrora. Clamo por uma pomba da paz e só aparecem abutres famintos. As lágrimas dos tarefeiros transformam-se em pequenos lagos que saciam a sede dessas criaturas, pois estão desidratadas de tanto rancor e ressentimentos. Lamentável situação a que chegaram, não bastasse tanto sofrimento, ainda vêm com lamúrias de uma vida emprestada por tempo determinado e previamente calculado. Os cálculos são baseados na vontade e na expectativa de plenitude no Bem Maior despertado de forma individual.

O obstinado alcança o conhecimento e vai galgar horizontes cada vez maiores; os obsidiados de si mesmos ficam presos a amarras mantidas pela cegueira da sombra com a qual já se acostumaram. Nesse momento, não há dinheiro que seja suficiente para garantir a essas criaturas um leito digno e confortável.

Ó grande leitor que aqui chegou e já aprendeu muitas lições com os equívocos dos espectros enfermos anteriormente apresentados. Aproveite para elevar o pensamento sempre a Deus, não deixando a impostura invadir o Ser grandioso que habita em seu peito e em sua mente. Não desejar mal ao ser enfermo e em experiência ainda humana é a primeira gota do remédio prescrito para a insanidade alheia.

Pouco a pouco as doses são aumentadas ou diminuídas, a depender do desempenho de cada um frente às verdades ditas de forma cruel e precisa. Sigo para outros conglomerados de espectros e me deparo com novos desafios sombrios projetados pela realidade dos residentes.

Parar para descansar, jamais! Aqui o trabalho é diferente, a alegria que recebemos é ver o Ser que acompanhamos durante anos terrenos levantar-se desse lugar regenerador. Muitos ainda me perguntam qual o horário das refeições ou de visitas, mas... quais refeições? Quais visitas? Somente a solidão e o dissabor chegam para conformar essas criaturas em desordem consciencial.

Acalentado pelo ombro amigo oferecido para ajudar a levantar algum espectro doente, ofereço uma parte minha para transmitir meus sinceros sentimentos de fé e de luz plena. Luz esta repleta de amor, perdão, aconchego, paz e evolução d'alma.

Não deixo de pedir para nossos companheiros residentes em Alvorada emanarem constantemente seu facho de luz poderoso e calmante. Clamo com todo o fervor que sai do meu Ser pelo perdão puro e verdadeiro, porque aqui os tarefeiros não podem se deixar impregnar pelas inverdades e injustiças reclamadas pelos enfermos.

O martelo da justiça é certeiro e não possui desvios de conduta. Aqui somente é permitida a distribuição da caridade, a troca de palavras sinceras, a troca de boas intenções energéticas um com o outro.

Não foi só a rebeldia que trouxe esses espectros ao "inferno", pois cada um constrói o seu, cuidando de todos os detalhes.

Acredite! Aos rebeldes que ainda se encontram na experiência encarnada, aconselho que não é preciso contestar tudo, nem falar demasiadamente alto para ser ouvido. Em muitos momentos, o surdo é você que tenta vencer a luta de braço com gritos e solavancos. Em que século terreno você está? Tem certeza de que acompanhou a evolução das sociedades desde as primitivas até as atuais? Aos que ainda agem na barbárie, informo que a plenitude das Moradas também pertence a vocês, não tenham dúvida disso.

Mas... amadurecer é preciso e por isso os convido a passarem um tempo aqui comigo, em Dégora, tentando acompanhar o dia a dia dos residentes. Garanto que o seu sofrimento será compatível com as suas crenças, nem mais nem menos. Talvez em sonho poderei visitá-lo para mostrar que as realidades além do conhecimento imediato não são tão fáceis de serem compreendidas como parecem; elas acabam por ressignificar a imaginação, dando a você a impressão de existir um paraíso à sua espera com flores exuberantes e o aconchego dos entes queridos.

Aos encarnados que agem com desejos e fervores existenciais exagerados, informo que nada deveria ser tão intenso a ponto de prejudicar a sua verdadeira caminhada espiritual. Apostar todas as expectativas em uma só coisa e deixar para depois o aprendizado sobre o equilíbrio entre os prazeres materiais e espirituais é um erro, pois não há garantia de retorno ao mesmo ponto que deixou incompleto.

Portanto, você vai fugir de si mesmo até quando? Porque as tarefas planejadas e aceitas irão segui-lo até a morte do seu corpo.

Menciono esse corpo que não importa se é de um santo ou de uma pessoa comum. Ambos terão o mesmo destino, o que muda é apenas a causa do perecimento. Os seres materializados na Terra gastam muito tempo em disfarces de roupas e banhos perfumados a fim de esconder os equívocos e preguiças em construir vidas mais produtivas.

Ao observar os sonhos dos insanos, pondero acerca do grau de embriaguez de cada um e concluo diariamente quais são os que têm condições de se banhar nas fontes revigorantes. Com o tempo, compreendo melhor os sentimentos alheios, uma vez que tenho plena consciência de que a inverdade sempre é descoberta e o ser em equilíbrio triunfa, mesmo que demande tempo para que isso aconteça.

Ó paciência tão festejada e ao mesmo tempo esquecida em vários momentos! Pouco a pouco, portanto, acostume-se com essas dosagens que servirão para o seu progresso espiritual.

Entretanto, ainda há encarnados que agem como espertalhões. De forma intencional, eu os deixei para o fim deste capítulo, pois, em verdade, merecem toda a minha atenção.

O resultado de suas ações é observado atentamente pelos Mestres orientadores, diante de tanto conhecimento nos negócios e nas supostas amizades.

Afinal, para que você veio ao mundo? A vida na Terra não é um parque de diversões nem um jogo de azar apenas para satisfazer seu ego e seus objetivos de vida.

Estude e amadureça! Em primeiro lugar, aprenda e internalize a lição, para depois se associar a outras formas de entretenimento. Não é preciso parar de viver, contudo, aproveite a vida para crescer na certeza de que dias melhores virão. O seu corpo, feito de carne, apodrece, e, em consequência disso, o seu espírito divaga no vazio e anda perdido em círculos, procurando uma saída.

# Capítulo 20

Mentir pode ser algo muito prazeroso. Da mesma forma, momentos agradáveis podem ser vividos por aqueles que utilizam substâncias materializadas e ilusórias como opção para sair da realidade, nem que seja por alguns instantes.

Os grandes laboratórios espirituais concederam a todos a inteligência e o raciocínio como articulação do corpo para vivenciarem a nobre experiência do encarne na faixa terrena. A pouca utilização desse conhecimento aprisionado em cada projeto encarnado faz com que os desvios das personalidades reais sejam substituídos por planejamentos familiares superficiais, sem os porquês bem explicados e internalizados.

Ó preguiça que não o deixa sair de casa sem pensar em nada, apenas com o desejo de voltar para a cama. Agindo assim, o corpo fica em um lugar, a mente em outro e a alma entra em desespero. Até quando suportará a prisão que você mesmo criou?

Caso queira, pode começar com o uso de muletas para, em seguida, continuar a caminhada com as próprias pernas. Basta deixar o seu Eu verdadeiro vir à tona para que a inverdade seja terminantemente neutralizada. Acertar o alvo pode parecer impossível de acontecer, porém ele está mais perto do que você imagina, acredite.

A prece é uma das melhores formas para entrar em contato com os seres sutis que o auxiliam. Navegue no mar de seus erros, mas reme sempre em direção à luz da sua alma e da caridade.

Observe as suas reclamações de falta de tempo para executar a conexão consigo mesmo, evitando que seu relógio dê a impressão de estar sempre no mesmo horário. Observe ainda em quais situações o ponteiro começa a andar, às vezes, em algo envolvido em julgamentos, com o tempo perdido e não aproveitado.

Agora segue um antídoto disponível na faixa terrena: o abraço. Abrace todos aqueles de que gosta e até mesmo aqueles por quem nutre pouco afeto, pois sua irradiação pura e cristalina será distribuída entre todos. Não rejeite abraços, pois muitas vezes é ali que se encontra o remédio que havia muito tempo você procurava e necessitava de verdade.

Pare para refletir sobre o que realmente tem feito com a sua história de vida. Pare para refletir sobre quanto ouve os anseios da sua alma. Depois de refletir sobre essas questões, continue a sua caminhada.

Não deixarei o campo de Dégora por ora, porque ainda tenho muito o que relatar e há muitas pessoas que ainda necessitam de ajuda.

Ó criaturas irmãs e tão distantes de nós. Nem as súplicas conseguem acalmar o coração em chamas e a mente que se assemelha a esgoto, tamanha a quantidade de impurezas nelas armazenadas. Sustentarei a oração até derrubar essas muralhas construídas pelas amarguras da vida confusa e rabiscada pelos devaneios conscienciais. Reforço com fé e alegria a minha permanência nesses campos de aprendizado.

Justiça seja feita para todos, sem distinção, pois aqui todos somos iguais, não existe uma só criatura que seja diferente uma da outra. A feição apodreceu, a riqueza se dissolveu, o orgulho nem tem mais recordação, no entanto... Todos temem o momento de ajustes na balança da justiça divina, principalmente quando essa justiça corta a escuridão aparente com a sua navalha afiada.

Sustentar e residir na justiça é saber fazer as coisas com primor e aceitar os desígnios celestiais com respeito, tendo em vista que toda atitude sempre vai gerar uma consequência. Não adianta se enganar empurrando para depois o que tem de fazer, muito menos tentando camuflar situações com tecidos invisíveis... Nada que esteja escrito nos livros da vida ou que seja captado por meio dos sonhos passa desapercebido, nada.

Ainda em Dégora, observo que há lobos desvairados de cuja boca não escorre saliva, mas sangue dos inocentes arrebanhados pela fraqueza que os aflige. Com uma mão oferecem esperança e com a outra retiram do espectro enfermo tudo o que é sadio e próspero. A batalha neste lugar segue de forma constante para que os embustes dos espectros sombrios não sejam ampliados pelos magos da escuridão, ou melhor, visitantes sempre em busca de pupilos.

Há alguns espectros que não abrem mão do poder, ainda na ilusão de que foram escolhidos por Deus na faixa terrena. O primo, a tia, a irmã, a mãe, o pai, você... todos estão conectados igualmente e precisam uns dos outros. Fugir não quer dizer que esteja num *status* privilegiado, apenas implica que o depois está sendo creditado como bálsamo de salvação. O caminho é individual e isso você nunca poderá mudar. Poderá até não se lembrar de nada, pois foram tantas as promessas que corre o risco de já ter se perdido ou ainda estar cumprindo a primeira delas.

Agradeço por você permitir que eu entre na sua morada e nela possa provocar transformações no seu Ser e no de sua família. Chamo família todas as pessoas que lhe são próximas, em relação consanguínea ou por afinidades.

Em Dégora, não há loucos, mas espectros que estão presos às amarras da ilusão e ao pesadelo de que todos são culpados e injustos. A mediocridade nessa frequência de pensamentos causa a destruição do espectro enfermo engessado nas realidades criadas e acreditadas por ele como verdadeiras. A vida na experiência do encarne é uma oportunidade indiscutível e única para neutralizar os desajustes de pretéritas experiências, a fim de promover o resgate de futuros passos de perseverança.

As sombras são muito poderosas em Dégora. Em minhas anotações, registrei o quanto a experiência daquelas criaturas não era composta somente de luz como imaginado por muitos; e que existem momentos nos quais a escuridão confunde a consciência sutil e se apodera sorrateiramente do âmago luminoso até fazer o espectro cair em total desespero profano.

O equilíbrio entre o sagrado e o profano deve existir na vida de cada Ser, pois em momento algum a espiritualidade defende a salvação na santidade, apenas que a maturidade nas escolhas esteja equilibrada diante do cumprimento do propósito sublime.

Em nada adiantaria tentar viver somente no sagrado, visto que você está na faixa vibracional terrena para experenciar na carne o que lhe pertence acerca das provações e dos aprendizados de outrora. As rezas demasiadas não garantirão espaço privilegiado nos planos superiores, uma vez que o coração de muitos está repleto de ressentimentos e julgamentos, impedindo-os de seguir os destinos traçados pelo comitê de guardiões.

É por isso que muitos daqueles apontados como impuros são elevados e alguns dos rezadores estão em Dégora. A reação vem na mesma proporção da sua ação, por mais que demore. Às vezes, os olhos não percebem o que se passa, tornando impraticável vislumbrar os primores da tão valiosa vida na experiência humana. Abrir os olhos para a realidade não é fácil; é preciso passar pelo suplício que vem de dentro para fora. O contrário, ou seja, a ordem de fora para dentro, encontra barreiras para penetrar no âmago do Ser.

O elefante branco é algo raro de se encontrar, contudo ele representa orgulho para quem o detém de maneira majestosa. A flor de lótus é um primor da natureza apresentado a poucos olhos, merecedores de testemunhar o poder que vem da terra, do ar, da água e do fogo dos corações contemplativos.

Tudo é lindo e perfeito até quando se atende às expectativas de quem usufrui desses primores. Porém, diante da insatisfação peculiar dos seres humanos, a natureza antes tão bela, transforma-se em pântanos sombrios e inóspitos. O reconhecimento do valor verdadeiro do contemplado ilusoriamente é um privilégio passageiro para os muitos que se achavam privilegiados e únicos. Caem em pântanos sombrios por orgulho e vaidade, e hoje residem na escuridão da alma.

Aqui, em Dégora, a audição dos espectros enfermos funciona de acordo com a necessidade de aprendizado. Esses espectros perderam todos os sentidos, sentem estar no vazio e nele permanecem por muito tempo na erraticidade das encarnações. O enfermo residente nunca se deu a oportunidade de melhorar e, inebriado na escuridão da consciência, não modificou sua maneira de ser, mesmo depois do desencarne.

Recebi o relato de um espectro enfermo que não sabia o porquê de estar em Dégora, posto que fora uma criatura boa, solidária, caridosa, elogiada e reconhecida pela sociedade. Esqueceu-se de que seu coração vivia repleto de amargura e desgosto, na tentativa de preencher algo sutil que não tivera a vontade de amadurecer enquanto estivera na faixa terrena.

Eu disse ao espectro que muitas palavras que lhe diria seriam inúteis, pois geralmente o enfermo, quando chega aqui, em primeiro momento consciencial, não abre mão das suas próprias certezas e acredita não precisar de ninguém.

Pouco a pouco, tentei mostrar ao espectro enfermo que ele precisaria do fluido de sabedoria, devendo refletir sobre toda a negatividade que acumulara. Afinal, por muito tempo estivera acostumado a banhar-se em uma banheira repleta de sentimentos e recordações de toda a sua jornada na faixa terrena.

Expliquei, por fim, que nos campos de Dégora existem diferenciados tratamentos para ajudar no equilíbrio e bem-estar do enfermo; obviamente, só receberia tratamento quem assim o desejasse, como também respeitaríamos o tempo de amadurecimento de cada um.

# Capítulo 21

Ainda nos campos solares de Alvorada, despertei e ouvi o toque de chamada para a reunião com os tarefeiros das faixas periféricas. Mestra Goia faria um pronunciamento.

A multidão se aproximava da Acrópole de fertilização e as cápsulas de envio estavam todas posicionadas, posto que a remessa de seres em experiência humana à Terra seria imediata. Muitos sentimentos invadiam as frequências vibracionais dos residentes, na esperança de que os novos enviados cumprissem seus propósitos e objetivos, tão importantes para a sustentação da rede do Bem Maior.

A cada cápsula enviada, ouvíamos o toque de cornetas; aplausos e irradiação reluzente também faziam parte do processo sutil. Ao mesmo tempo, óvulos e espermatozoides encontravam-se na faixa terrena para que, unidos, iniciassem a jornada de multiplicação celular, possibilitando a formação do conglomerado corpóreo, isto é, a residência do facho energético que deveria ser utilizada durante o cumprimento do propósito ajustado e acordado.

Mestre André estava em concentração absoluta. Em silêncio divino e demonstrando feição angelical, impulsionava as cápsulas na direção dos acoplamentos definitivos. Algumas cápsulas retornariam em breve para Alvorada, considerando a necessidade mínima de o Ser permanecer na zona uterina, apenas com o objetivo de cumprir tarefas voltadas para o enriquecimento dos estudos e a evolução do espírito.

A maternidade e a paternidade seriam condensadas em poucos meses gestatórios para que, antes mesmo do primeiro respiro, alguns Seres já retornassem aos campos de recepção em Alvorada. Outras cápsulas permaneceriam um tempo maior ao nascer, diante das escolhas acordadas com os Mestres e com o comitê de guardiões.

Toda a segurança seria dada a esses seres em experiência humana, todavia muitos obstáculos advindos do esquecimento da essência deveriam ser superados logo cedo, a fim de evitar a substituição energética de acordo com comportamentos adotados e seguidos como realidade una.

Cada um dentro do cumprimento de suas jornadas experimentais, em cumprimento alguns de suas últimas necessidades terrenas para que em outros campos de tarefa fossem recepcionados para edificação de outros planetas e faixas necessitadas. Muito dependeria da sustentação vibratória consciencial e controle das tentações apresentadas na faixa terrena, a exemplo do dinheiro, do sexo e da comida. As três estratégias seriam dispostas aos seres em experiência terrena para que tivessem a chance de formular a verdade de princípios nas condutas.

O dinheiro, nobre papel encantador, seria responsável pela queda de alguns. Estes, fascinados apenas em ter e acumular mais e mais a cada passo na jornada na Terra, deixarão de cumprir seus propósitos sem se darem conta do poder divino que neles habita.

O sexo, válvula de escape dos residentes na faixa terrena, será utilizado por uns como mero sistema de reprodução humana; por outros, poderá ser utilizado como zona de perdição mental no descontrole do tato momentâneo; e haverá quem irá utilizá-lo como acesso às faixas sublimes do amor. Haverá também quem fará uso dele como ressignificado de experiências sublimes.

A comida, tarefa sutil colocada na faixa terrena para rebaixar o equilíbrio na combustão corpórea. Alguns se apegam ao excesso, outros à escassez, outros saem em busca de significado plausível para se alimentar, tantos outros constroem teorias para validar comportamentos, ações, atos e palavras em direção à salvação divina.

Cada uma das três estratégias é propositalmente colocada no grande labirinto terreno para auxiliar o ser vivente a encontrar o caminho que o levará à essência divina. Ele deverá escolher cumprir o propósito de olhos vendados ou de olhos abertos, ou seja, ou com os olhos nublados pela ilusão real ou voltados para as verdades construídas... O ritmo e a caminhada devem ser constantes, e o ser vivente irá colher as consequências de todas as ações praticadas.

O medo poderá chegar sorrateiramente para obrigá-lo a ponderar as ações válidas, mas também poderá surgir como um engessamento cálido para forçar a inércia existencial. A orquestra da vida em experiência terrena vai sendo formada, independentemente do tempo específico da permanência do Ser na faixa terrena.

Pouco a pouco entendo melhor a minha tarefa anterior nos campos de Dégora e sinto que ainda não finalizei a minha experiência naquela faixa, então deito-me novamente nos campos solares de Alvorada, permitindo que o banho de sóis me dê forças para continuar.

A sutileza do universo reina em meu Ser e me refaz a cada instante em que rogo forças para encarar as sombras de tantas criaturas na erraticidade. Tenho a convicção de que a magnitude resplandecerá e um clarão se fará presente no momento em que a legião dos discípulos descer para auxiliar tais criaturas feridas.

O momento desses resgates é impressionante. As equipes vão em direção aos espectros enfermos que já estão preparados para receber os analgésicos espirituais, a fim de suportarem as dores da vida. O transporte é rápido e preciso. Todos os socorristas são preparados e já fizeram o estudo de cada espectro antes de encontrá-lo.

Continuarei caminhando nos campos de Dégora, com o objetivo de estimular a reflexão e a compreensão de que de nada adiantará abraçar a revolta se o vale de sombras é a atual morada dos que avisto. Os espectros enfermos são muito frágeis em virtude de estarem mergulhados nos egos e nas certezas inverídicas. Muitos ainda se encontram com bastante dor, em desespero total, presos nas teias das incertezas e certezas, entre a justiça humana e a justiça divina, entre a fé e a razão, entre o frio e o calor, entre o céu e o inferno, entre a relva e a escuridão do pântano.

Nesse momento, encontrei um espectro enfermo cheio de feridas, não no corpo, porque isso não mais lhe pertence, mas na alma, impregnada de vingança por aquele que interrompera a sua vida diante da negligência maternal e paternal. Genitores que não estavam preparados para a realização do conglomerado celular, mas diante da provocação instintiva, uniram-se e formaram um outro Ser para a experiência humana escolhida. Não é fácil impor a alguém justificativas plausíveis nesse contexto, porque o pensamento é implacável quando somente deseja voltar para a antiga morada e fazer justiça.

Em casos assim, muitos querem fazer justiça com as próprias mãos, acreditando que essa seja a justiça certa de quem planejou anos e séculos lutando por uma escapatória e uma maneira violenta de obsidiar aquele que o lesara. Não importará o tempo necessário para esse reencontro, o enfermo esperará e fingirá um comportamento pacífico, tentando nos enganar com seus arrependimentos fajutos e inescrupulosos.

Ele ainda está acostumado a enganar os seres terrenos com palavras bonitas, promessas de oportunidades, recompensas vantajosas e discursos fervorosos.

Porém, também tenho tempo suficiente para aguardar a melhora desse espectro enfermo colocado em vigilância absoluta e sedado com paciência por tudo o que disse no início da nossa conversa. A inquietude dos seus conflitos sentimentais funcionará como remédio necessário à cura das feridas abertas por sua mente consciencial doentia.

Espectros nessa situação agem como verdadeiros estrategistas, esperam de forma ardilosa a oportunidade de agir, sem dar ao perseguido oportunidade de se defender, nem possibilidade de reagir e ter a chance de escapar. Comportam-se como uma serpente venenosa que espreita sua presa até o momento do bote. Assim agem essas criaturas.

Por esse motivo, a autovigilância das atitudes servirá de escudo para lidar com essas serpentes espalhadas ao longo das faixas vibracionais. Só por meio da vigilância é que se pode afastar essas criaturas do convívio, para que sejam entregues aos guardiões dos mistérios divinos que irão levá-las às câmaras espirituais. De lá, essas criaturas só poderão sair para serem tratadas em acampamentos de recuperação.

Orações e clamor por socorro ficam à disposição dos que têm a luz como guia e a esperança como escudo. As brasas de amor e perdão seguem com as pedras do caminho desses enfermos, e os pântanos transformam-se em jardins floridos e aconchegantes.

Há várias zonas de tratamento e muitos são os caminhos a serem percorridos. Muitas inverdades também serão reveladas. Muitas tempestades surgirão e diversas soluções serão apresentadas no infinito processo de contato dos enfermos com a própria essência, a fim de prosseguirem em sua jornada espiritual. O pensamento justo e puro deve sempre prevalecer, segurando nas mãos dos guias mestres da espiritualidade.

# Capítulo 22

Para quem ainda não aprendeu a lição do bem viver, isto é, que não aprendeu a viver em paz, é sufocante vagar por este vale de lágrimas, onde riachos são inundados por sentimentos de desespero e agonia. O aconchego do colo materno não existe mais, o companheiro de festas também desapareceu... Só existe o enfermo, sozinho, tendo de conviver consigo mesmo.

A vivência desses sentimentos misturados ao arrependimento é algo enobrecedor. Muitos são os exemplos aqui apresentados, cercados de aprendizados importantes para que haja o melhor entendimento de cada ser em evolução espiritual. Lembrei de um ensinamento de Mestre André que diz:

"A planta germinará no local onde for plantada e suas sementes serão sopradas por ventos que as conduzirão para novas terras. Ó sementes que tentam germinar em outras terras, mas somente a palidez é pertinente ao momento nem por longe conseguido. Selva de pedras, abrande o coração dos enfermos a fim de que suas súplicas sejam atendidas. As lágrimas formam riachos e o desespero se esparrama como som tocado constantemente nos ouvidos de quem clama para escutar a verdade".

Por mais que queira a verdade, o espectro enfermo nem sempre está preparado para escutá-la. Nenhum encarnado sabe a hora exata que chegará às moradas espirituais nem como será recepcionado. O momento do desencarne simplesmente pega todos de surpresa com o objetivo de que possam validar, sem desespero, os aprendizados, ajudando-os a seguir conscientes na graduação espiritual.

Acreditar na verdade da construção de suas realidades é primazia da espiritualidade, que abriga todo o saber dos Mestres e legionários, visando transformar as faixas periféricas em zonas de alegria, de verdade, de amor, de compaixão, de caridade e de esperança.

Caminhando pelos campos de Dégora, percebi que existem muitos espectros que se apegam às dúvidas e com elas constroem uma parceria inquebrantável. Tornam-se dependentes do outro até mesmo para tomar uma decisão, da mais simples à mais complexa. Em alguns momentos, essa dependência age como veneno que afeta negativamente o espectro que o digere. Quando o espectro percebe, já está impregnado por essa erva daninha que cresce no seu jardim, destruindo tudo o que é bom e próspero, impedindo a leveza da caminhada.

Nem sempre é possível cortar o mal pela raiz com rapidez, principalmente quando essas raízes já atingiram níveis de fortaleza e de destruição absolutos. As plantas boas foram sufocadas na sua presença e nada mais sobra, a não ser a inércia, como resposta a tudo isso.

Em alguns momentos, os enfermos agem como se vivessem no início dos tempos, quando não existiam regras, leis nem princípios morais coletivos. Tudo era decidido de acordo com a vontade do bárbaro, sem questionamentos dos demais. Mas... a história evolui e, com ela, tudo o que antes seguia sem rumo, de forma inconsistente, segue apoiado em um alicerce de pedras fortes, produzindo uma realidade, com um povo que caminha consciente de "ser" e "estar".

O povo de cada localidade recebe o necessário para seu aprendizado, mesmo que esse povo ainda não viva de acordo com a democracia ideal na referência de quem o observa. Aliás, cabe ressaltar que democracia é um sistema que primeiramente deve brotar na sua mente, respeitando seus pensamentos, para que sejam executados com primor. Passada essa fase, a democracia se estende para dentro de casa, atingindo os entes queridos e os não tão afins. Aos últimos, uma atenção bem maior, e aos primeiros, que seja conservado o respeito natural adquirido.

Depois, a democracia toma as ruas, dando oportunidades para a criatura ter condições de domar seus instintos básicos. Tudo é observado e escrito no seu grande livro de experiências na faixa vibracional em que se encontra. Por isso, não desperdice folhas, rabiscando-as. Abrande o seu coração e esteja certo de que os sentimentos desgostosos foram enfraquecidos pelas ventanias de aconchego, com o auxílio da honrosa espiritualidade.

Lembre-se: não existe dificuldade quando o aprendizado é visto como coerente e justo. A aceitação vem naturalmente pela confiança depositada sem duvidar da autenticidade dos fatos apresentados. A desigualdade entre os seres em experiência terrena excita o radicalismo dos sentimentos e adormece tudo de bom que foi plantado e cultivado.

Não há paranoia quando a cabeça de quem pensa age com sensatez e certeza de que atua de acordo com as instruções da espiritualidade. Tenho convicção de que muitas palavras ficarão guardadas na sua mente pela eternidade, uma vez que você está caminhando comigo pelos campos de Dégora e muito aprendizado é assimilado ao longo de várias reflexões.

Entre o saber e o não fazer há uma linha tênue separando um do outro, uma vez que a beleza de tudo é proporcional aos olhos de quem enxerga a realidade sem os vícios das imposições mentais.

A ajuda surge à medida que se colecionam merecimentos e não por acreditar no que deveria acontecer. Durante o repouso do invólucro corpóreo, os sonhos são recepcionados pela antena de Alvorada e ressignificados diante da insensatez e desvios de conduta que naquele instante são apresentados. Aqueles que se deixam levar por realidades impregnadas de fantasias vampirizadoras do espírito, seguem para moradas periféricas.

Em noites alternadas, a solidão aperta seu peito, dando-lhe a impressão de que não existe ninguém capaz de te amar assim como você ama o outro, mas... por que ainda se mantém preso na esperança de que o outro tome uma atitude e esteja pronto para reagir?

A reação deve ser individual e não depender de terceiros, afinal, é você quem deve gerir a própria existência e ser o responsável por cumprir o que escolheu vivenciar na faixa terrena. A ressonância com as pessoas próximas do seu convívio está diretamente relacionada com o seu aprendizado, para que você possa avançar mais rapidamente na seara espiritual.

Quanto mais subir a montanha, maiores serão os testes respaldados naquilo que chama de fé. Não adianta levantar a bandeira da fé sem compreender o verdadeiro sentido dessa pequena palavra com grandiosa força. Cada um carrega consigo seu próprio inferno e a passagem por meio dele é livre, como tentativa de amadurecimento da fé estudada e, às vezes, pouco praticada. Ler muitos livros, entreter-se com obras dignas de elogios, ser o primeiro da fila em tudo... nada disso serve de garantia para que você ganhe a medalha de ouro da espiritualidade.

Em muitos momentos, você mesmo é quem coloca essa medalha no peito, acreditando que foi merecedor de tudo isso e que ninguém poderá alcançá-lo. Realmente, ninguém pode alcançá-lo, porque todos são diferentes dentro das suas semelhanças. A sua trajetória tem no leme o seu Eu que não pertence a mais ninguém, somente a você mesmo.

Já o outro, apesar das tempestades que enfrenta para alcançar o bem-estar interior, navega tranquilamente pelos mares da temperança e da fé. O barco dele pode balançar, mas somente afundará com a derrocada dos seus próprios sentimentos jogados ao mar por sua total invigilância.

Muitos se atiram ao mar abraçados a seus sentimentos e, nos tempos modernos, estão sendo dominados pela depressão. Esta detém o perecimento dos sentimentos da realidade pela busca incessante do perfeccionismo no controle das coisas e pela decepção de não conseguir dominá-lo. Pouco a pouco, a angústia e o vazio preenchem o peito da criatura, irradiando infelicidade por onde quer que passe.

Muitos são os antídotos utilizados para resgatar os residentes na faixa terrena eivados pela confusão existencial, mas a permissão para desfazer a confusão e alcançar a plenitude é dada pelo paciente.

# Capítulo 23

Aos muitos seres que encontro pelos campos de Dégora, principalmente aqueles que passaram por recente experiência humana, digo que vale a pena viver se tudo está acontecendo de acordo com o desejo da criatura doentia. Essa é a certeza de poucos e a perdição da multidão.

Deve existir ordem e ponderação nos atos. Do mesmo modo, a desordem também deve existir como um mecanismo para ajustar as intempéries de outrora, a fim de que o caminho seja seguido corretamente pelos sábios e buscadores da luz, dispostos a enfrentar batalhas internas e domar monstros interiores invasores de sonhos e pensamentos.

Não há moeda de troca, os sentimentos não são negociáveis e os valores são colocados na balança da verdade até que se pese toda uma trajetória de experiências adquiridas na faixa terrena.

A beleza do corpo é muito festejada e a falta dela pode levar os fracos de sentimentos nobres à loucura, afastando-os do propósito a ser cumprido. Ao atingir alto grau de sabedoria, a autoconfiança se torna indestrutível, ajudando a percorrer caminhos que ainda precisam ser descobertos, mantendo-se em constante aprimoramento guiado pela espiritualidade.

A realidade encarada com dignidade enobrece a alma e ascende o espírito à verdade, sendo que a dignidade do ser encarnado está na mente projetada para absorver as experiências imediatas, sem perder o respeito em relação ao outro. Quando você depende do outro para realizar o seu propósito, o Eu enfermo fica esquecido e a crença da força em si torna-se frágil.

É um imperativo estranho depender constantemente do outro para seguir a jornada encarnada, fenômeno comum nos dias que visitei a faixa vibracional terrena. Nessa frequência, muitos perdem os sentidos, vagando pelo vácuo da própria existência. Sobre esse assunto, em algumas palestras das quais participei nos campos solares de Alvorada, os Mestres diziam:

"Se houve a perda do tato, aprenda a viver com os outros majestosos sentidos. Se a visão foi retirada, aprenda a enxergar a realidade com outros sentidos. Se aconteceu de perder a audição, aproveite a companhia do silêncio e reflita juntamente com os outros sentidos. A falta do paladar o levará a saborear a vida com outros gostos. E, se não houver mais odores, o olfato será aguçado pela visão garantidora do saber necessário".

Para aqueles que têm todos os sentidos, maior atenção quando usá-los, porque poderão ser minimizados a qualquer momento. Saiba direcionar seus bons sentimentos para alcançar uma vida plena, tornando cada vida existencial melhor que a anterior.

Para muitos espectros enfermos residentes em Dégora, o aprendizado não foi suficiente, contudo, oportunidades não faltarão para se redimirem de todos os equívocos acumulados pelo espírito enraivecido. Indico sempre que se aproximem da janela do auxílio próximo e enxerguem o mundo de possibilidades que lhes são ofertadas diariamente. Realidade ou fantasia, isso quem decide é o enfermo, assim como a postura que virá a adotar diante das decisões e infortúnios da vida encarnada ou desencarnada.

A máxima "ver para crer" tem um valor muito grande, pois é no amadurecimento espiritual que as verdades são evidenciadas sem precisarem ser contestadas. Com isso, não quero dizer que os que contestam estejam errados, mas tudo deve ser avaliado e solicitado em momento oportuno, sem negociatas com a espiritualidade amiga. Não se esqueça de que mercadores de favores sarcásticos estão espalhados por toda parte, basta querer pensar neles e eis que surgem, dando-nos a prova do mais impiedoso poder.

Depois de desfazerem parcerias equivocadas e pactos realizados com espectros desordeiros, os Mestres da Alta espiritualidade sempre estarão à espera nas câmaras de regeneração para dar bons conselhos e encaminhar o espectro arrependido para novos aprendizados. Os elogios são válidos e necessários, mas devem ser ponderados constantemente, porque, às vezes, quem os ouve não está preparado para recebê-los com simplicidade d'alma.

As criaturas enfermas se prendem a expectativas levianas e inescrupulosas do ego profundo servido pela vaidade, vedete dos prazeres. A corrupção dos sentimentos pouco a pouco aproxima o incrédulo do abismo, sem lhe dar mais tempo para pensar qual o caminho a seguir, esteja ele certo ou errado. Essas são as realidades vividas e encontradas nos campos conscienciais dos residentes de Dégora.

Parece que ficou tudo para trás e que não existe mais o depois porque a carne hoje ou apodrece na terra ou foi queimada nas câmaras devoradoras de matéria terrena. As câmaras são utilizadas para poupar o espectro de ver, dia após dia, o apodrecimento da sua matéria, velando o corpo que antes lhe pertencia. Aparentemente pode-se achar que é um mecanismo muito mais rápido para o entendimento, porém... talvez as dores das chamas poderão ser sentidas na grande roda de aprendizado necessário.

Alguns guias ou mentores encarnados poderão afirmar que o seu espírito será conduzido para o lugar que já estava reservado para você, mas, como sabe, essa reserva não é feita de forma antecipada. Tudo acontece de forma gradativa e, à medida que o livro da vida é escrito, os caminhos são ajustados para que você seja recebido na acomodação compatível.

Quero dizer que, enquanto estiver encarnado, sempre haverá uma chance de ressignificar sua jornada. A doença vem e vai, mas às vezes ela permanece para lembrá-lo de que você não pode controlar absolutamente nada, apesar de pensar o contrário. Aprimore-se nos campos do amor, da verdade, da justiça e da caridade. O seu coração irá transbordar de ânimo e felicidade quando você fizer o caminho consciente do porquê do reencarne, com responsabilidade e na velocidade equilibrada.

Pare e reflita sobre o que pensa efetivamente acerca da importância da espiritualidade e de suas manifestações na transmissão de ensinamentos nobres e coerentes. Afinal, tudo o que você faz tem um porquê e não adianta negar essa máxima. Retorne, talvez para a sua infância, e caminhe até os dias atuais a fim de se encontrar consigo mesmo e não deixe de analisar o que encontrou pelo caminho.

É importante que você arrume o hoje para descansar, garantindo ordem no amanhã e na disciplina estabelecida pelos reais aprendizados adquiridos ao longo da sua caminhada como um lúcido buscador.

Não se esqueça: casa arrumada, bons espíritos visitando; casa em desordem, espíritos sombrios e traiçoeiros residentes; família equilibrada, nível de sentimentos para o crescimento de todos; família em desordem, zonas também de francos aprendizados, apesar de calabouços surgirem a cada desentendimento.

Não deposite no outro a responsabilidade pela felicidade de todos, porque seu espírito não se alimentará na plenitude recebendo apenas carinho e respeito do outro. Perceba que a aprendizagem é contínua e não vem de agora, mas de muitos séculos terrenos.

Desde o início dos tempos, astrólogos e demais sensitivos espirituais já anunciavam acontecimentos totalmente inexplicáveis a humanos descrentes, mas milagrosos no entendimento de poucos.

Não é privilégio uns nascerem, aparentemente, com mais virtudes e domínio espiritual do que outros. Não sabemos qual o propósito do Ser observado e alvo de críticas, passando você a se esquecer de trilhar sua verdade na luz límpida, deixando apagar a chama da sua essência presa na tempestade.

A soberba está na entrada do cardápio, nas primeiras refeições oferecidas e muito dependerá de infinita vontade de ressurgir do umbral e lutar pela luz terrena. Claro e escuro, preto e branco, luz e sombra estarão lado a lado para a escolha contínua. Somente uma linha sutil separa isso tudo.

Na bifurcação das escolhas apresentadas a você, não se pode ter certeza de que a luz seja melhor ou que a escuridão, com o seu silêncio massacrante, seja a opção certa para a concretização da sua vitória. A espiritualidade age na vigilância e na emanação de fluidos benéficos para que a porta do saber se mantenha aberta e o caminho a ser seguido seja trilhado com fé e firmeza na vida que o aguarda. Portanto, pise firme no caminho do propósito e eleve sua cabeça para cumprir e arcar com suas escolhas, utilizando como guia a sabedoria e a sensatez.

# Capítulo 24

A mediocridade das sombras leva os espectros enfermos a experimentar sentimentos de amparo e esperançosos de solidão, porque ainda não descobriram que o poder da luz é muito maior que essa pequena sombra que se apropriou violentamente dos seus corpos físico e espiritual.

A sabedoria profética em seus escritos sagrados relata que, desde que o planeta Terra foi povoado pelos encarnados, nasceram as sociedades e, nelas, os sentimentos de amorosidade e de disputa tornaram-se rivais ao longo de inúmeras batalhas. Porém a amorosidade, quando é verdadeira, supera todos os obstáculos e enxerga o enfermo com primor de espírito, ajudando-o a se libertar da sombra que antes o impregnava com letargia. Experiências viciadas pelo ego e pelas lamentações.

Nas batalhas que surgiam, Mestre Miguel sempre nos guiava dizendo:

"Levante a espada flamejante e clame pelo Bem Maior que imediatamente o fortalecerá com um raio impregnado com o mais puro amor e coragem, a fim de ajudá-lo a combater as imposturas de falangeiros malfazejos, que espreitam as mentes insanas e fracas das criaturas".

A estupidez pode ser aniquilada com um simples gesto verdadeiro, sem negociatas, sem comando financeiro, porque, para a espiritualidade, de nada vale ser dono de fortuna material sem a riqueza e a elevação do espírito.

Em Dégora, a revolta é tão grande que as palavras transformam-se em vales profundos de lágrimas, solidão e desespero. Entregar-se ao desespero é uma tormenta a que muitos se atiram e chegam nas sombras com várias feridas no espírito cansado de incorrer nos mesmos erros.

Afinal... não existem certezas, mas tão somente verdades que necessitam ser alcançadas e balizas na vida dos seres em experiência. Essas balizas são de extrema importância para ajudar a manter a disciplina e a verdade nos pensamentos e nas ações de cada um diante da verdade sem santidade.

Um sentimento congelado no frio dos sentimentos desses campos sombrios e dissolvidos nas amarguras das vidas residentes. Bem viver na escuridão de agora e companhias desertas festejadas, os espectros enfermos não sabem mais quem é digno da sua amizade. Conseguem afugentar muitos com gritos e posturas imperativas, mas para a legião de tarefeiros, nos aproxima mais e mais.

Residentes em uma prisão que não será suficiente para acalmar mágoas profundas, nem a solidão absoluta conseguirá organizar os pensamentos injustos no pensar daqueles enfermos. É o que muitos entendem como realidade neste lugar.

Disse a um dos residentes:

"O espectro que o ampara não é seu amigo, a cama sobre a qual se deita e dorme não é sua, a roupa que veste também lhe foi emprestada, tudo o que é seu é do outro e, por isso, deve ir atrás da sua verdadeira essência. As mazelas que me apresenta não são novidades para mim, porque você passou esse tempo todo da existência reclamando das oportunidades e prometendo mudanças nunca feitas. Perdeu o chão e agora flutua no vácuo, não ouve, não enxerga, não sente cheiros, não consegue falar... nada acontece agora com você. Está na mais sombria área do vale, onde os guardiões encapuzados estão à frente do tratamento, porque em alguns momentos respeito as suas escolhas. Aqui você é o que realmente escolheu ser, apesar de tentar driblar os desígnios prometidos antes do reencarne".

Em seguida, um lindo arco-íris surgiu em meio à escuridão para iluminar a vida sombria desses espectros. Somente esse facho de luz era capaz de animá-los com a esperança de que sempre haverá uma chance para saírem desse estado. Já não escuto os gritos de antes, tudo começa a ficar mais calmo e pouco a pouco a escuridão começa a se transformar em névoa.

Toda a equipe da qual faço parte segue com sentimentos amorosos. A magnitude dos pensamentos atrai tudo o que é bom e sadio para nutrir o âmago empobrecido dos espectros presos à escuridão. A faixa etérea respira e exala perfumes variados, em decorrência das diversas espécies existentes. Não pense que esse sistema, o planeta Terra, é o único próspero e digno de cultivar a existência análoga à humana.

A impotência do Ser em experiência humana é diminuída com doses de amor, carinho, esperança, afeto, verdade, justiça, caridade, desapego e resiliência. Todos esses sentimentos juntos dão base para que os seres tenham condições de cumprir as tarefas escolhidas nas câmaras de fertilização, por exemplo.

Para entender melhor o que digo, contarei mais uma passagem de um dos espectros residentes nessa faixa vibratória:

"Não era uma família perfeita, mas todos acordavam e dormiam relativamente em paz, o dinheiro sempre dava para arcar com as necessidades e os desejos profanos constantemente eram saciados com astúcia e virilidade. Nada acontecia de errado ou, se acontecia, eram questões que estavam dentro da normalidade de uma família. Os filhos já estavam criados e o casal não sabia qual direção seguir, a dúvida pairou, e resistia abandonar os pensamentos negativos e cada vez mais violentos. O sentimento de inutilidade era muito forte, as reclamações aumentavam, os desentendimentos também... nada parecia ser como antes, tudo acontecia pela quebra da rotina de outrora. O casal se esqueceu de que ambos tinham deixado a casa dos pais para seguirem a vida a dois, e agora passavam pela mesma experiência dos seus pais. Nunca haviam pensado nessas coisas, porém, o certo chega e nunca manda recado. O suicídio de um caiu como uma catástrofe sobre o outro, que havia muito tempo percebia atitudes estranhas e nada fizera para minimizar o sentimento de solidão e evitar o suicídio. A companhia mesmo distante deixara de existir e agora a serpentina da palidez agitava o coração aflito de quem enviuvara. Não havia mais a possibilidade de se consertar a situação e mudar o desfecho da história. Essas almas afins decidiram andar por caminhos distintos e repousar em vibrações diversas e incompatíveis com mínima possibilidade de reencontro no astral. Os filhos não aceitavam o acontecido, e a revolta era muito forte dentro do coração desses que tinham abandonado emocionalmente seus pais e, com muitas lágrimas, tentavam se redimir dos erros do passado. A tragédia ocorrera sem culpados, mas tão somente produzindo vítimas. Afinal, todos são vítimas de si mesmos, porque estavam sempre aguardando o aconchego do outro e nada faziam para adormecer sentimentos revoltosos. A secura no útero de um ente dessa família transformara-se em mais uma tormenta atribuída a Deus, culpando a espiritualidade por essa desgraça. Sempre em busca dos porquês, mas... esqueceram-se de fazer a parte de cada um, isto é, driblar com força os obstáculos que aparecem no caminho, na convicção de que a melhora viria, e permitirem o fluxo natural da vida seguir sem contratempos. As provações surgem rotineiramente para testar a fé e a força de cada criatura e justamente verificar se são dignos de ajuda. O estudo ainda é pouco para receber alta desse hospital espiritual, muita medicação será fornecida, mas outras tantas serão produzidas por você mesmo. Não pense que a facilidade já alcançada irá permanecer para todo o sempre. Tudo tem a sua fase e cada uma deve ser aproveitada com sabedoria".

Esse foi o resumo de milhões de famílias terrenas recepcionadas nesses campos, modelos que ainda se repetem a cada geração.

É fato que a cada família será imputado um líder e com ele todos os valores serão repassados aos seus descendentes, com o intuito de aprimorar o aprendizado recebido e minimizar as agressões sofridas. As facilidades tornam-se aquisições descartáveis e a soberba transforma-se em um cálice gélido que esse líder insiste em tomar nas refeições. A baixeza de seus pensamentos o conduziu para o abismo das intempéries terrenas e a ilusão o fez flutuar na leviandade dos atos.

Sempre seguir com convicções impostas, pode não ser o melhor caminho. Sempre estar com pessoas não queridas, pode não ser o melhor caminho. Sempre estar onde não deseja, pode não ser o melhor caminho. Sempre fazer o que abomina, pode não ser o melhor caminho. Sempre desejar o impossível, pode não ser o melhor caminho. Sempre ser verdadeiro primeiramente consigo em tudo que faz pode ser o caminho.

Na verdade, você deve residir, e também repousar mesmo diante de escolhas automáticas. Nada fica perdido, tudo é escrito no grande livro da vida, dividido em capítulos, cada um representando uma trajetória sua. Somente você será capaz de informar a quantidade de volumes necessários para seguir essa matemática de encontros e desencontros de si mesmo.

# Capítulo 25

O equívoco é algo comum nas criaturas residentes da faixa terrena e de tantos outros campos vibratórios, porque é justamente com os tropeços que a verdade aparece com maior força e clareza para a internalização convicta. Evitar o erro é covardia dos fracos e dos egoístas, acostumados sempre a serem testados e medrosos em serem rechaçados.

Em verdade, nada é tão ruim quanto parece e o equívoco pode ser necessário para dirimir convicções conflitantes entre o certo e o errado. Com o equívoco, muitas realidades se constroem, e repeti-lo fica por conta de cada ser em experiência. Quanto mais permanecer na repetência, menores serão os passos dados na sua jornada. Por isso, preste atenção à maneira como você está conduzindo a sua jornada.

A primazia do errar é magnífica e o acalento do poder errar, majestoso. A tranquilidade de saber que se pode errar trará leveza à vida e implicará naturalmente a sua melhora, sem cobranças e sem lamentações. Nada, mas nada mesmo, deve seguir com cobranças exageradas.

O aprendizado vem naturalmente com a maturidade peculiar de cada um, e o dinamismo na trajetória será alavancado com as experiências suscitadas como certas naquele momento específico de encontro consigo mesmo.

Tudo tem um porquê, mesmo que esse porquê não seja explicado... Entretanto, continue a jornada; se for merecedor das revelações, sairá mais forte com o aprendizado e concluirá sua trajetória de forma digna.

É preciso também sentir orgulho de que o ente querido desencarnou no momento certo, dentro da trajetória escolhida e ainda capaz de ajudar tantas outras criaturas não tão evoluídas em outras faixas vibracionais.

A sensação de que tudo valeu a pena no final da existência terrena fará com que você enxergue a tão sonhada luz. A paz já reside em você, porém existem entulhos emocionais que o impedem de perceber o sentimento divino e tolhido em suas forças profundas.

Apenas seguir no caminho do Bem Maior não será suficiente para enxergar tudo isso que digo e descrevo, mas é necessário continuar nessa jornada com maestria, a fim de engrandecer outros enfermos e levá-los para onde realmente devem residir.

O peito de alguns dos que aqui residem será invadido por cascatas de sentimentos que fervorosamente os farão se sentir saciados, sem desperdícios de sentimentos... tudo na medida certa. Aos poucos, ficarão livres das amarras do comprometimento conflituoso e de sempre terem de baixar a cabeça para as coisas, reclamando de tudo que emana da consciência desconexa dos enfermos.

Infelizmente, os abutres de sentimentos rondam os espectros em tratamento, na esperança de neles encontrar uma ferida aberta para injetar toda a podridão capaz de contaminar tais espectros.

Mesmo que a inquietude surja no caminho, o espectro enfermo e já em tratamento saberá identificar os abutres e nada terá força para contaminá-lo. Além do mais, a força da fé seguirá com fervor por meio da escuridão, ajudando as criaturas revoltosas. Sempre haverá muito a ser feito e nada poderá ser deixado para depois.

Aqui em Dégora não existe o amanhã, somente o hoje, e por isso devemos dar o nosso melhor na realização das tarefas, sempre guiados pelo poder soberano que nos rege constantemente.

Os gametas continuam a ser reconduzidos para a Terra, deixando a erraticidade, inclusive alguns dos residentes em Dégora que, inebriados nas dores e vácuos existenciais, agiam no amadurecimento das incubadoras de si.

Sim, estar nessa faixa não significa que os residentes sejam indignos de reencarnar diretamente daqui, muito pelo contrário, porque não deixa de ser mais uma oportunidade para a melhora deles.

Mais uma vez, o ambiente uterino dará a essas criaturas revoltosas uma ampliação de aconchego tão querida, mesmo que de forma fugaz. Nessa experiência, o espectro reencarnante poderá sentir o amor materno, a sua rejeição, os conflitos externos... tudo será válido para ajudá-lo a refletir sobre o que já tinha vivido na sombra.

Mesmo sem saber direito onde se está, seguir com calma é fator essencial para aprender a amar-se. Esse sentimento por si mesmo, aliado à vontade de superação, ainda que o pensamento esteja enfraquecido pelas intempéries do passado, será a primeira lição na nova jornada.

Girando por sua existência, percebo que nada está como antes e que o aprendizado cada vez mais está evidenciado no campo consciencial do espectro repetente na experiência terrena, corrompida pelos malfazejos e ludibriada pelas legiões de abutres indomáveis que margeavam a sua existência de outrora.

As mensagens voláteis seguirão com as cápsulas de envio e o alicerce calcado em saberes aprendidos com a espiritualidade se fará presente na essência de cada um. Adquirir experiência em tudo o que fizer e por onde andar será alimento majestoso servido diariamente em sua nova experiência.

Não desistir da batalha é muito importante, mas saber solucionar os conflitos com rapidez e destreza é também um caminho aconselhável. Permanecer no embate pode despertar prazer num primeiro instante, mas, logo depois, somente a dor vai ser a protagonista dessa revanche cheia de sangue. A sabedoria adquirida nos ensinamentos dos tarefeiros em Dégora será colocada à prova.

Ponderar as palavras sempre será aconselhável, contudo, o mais importante será saber o que dizer no momento oportuno, porque o silêncio poderá ferir mais do que a verdade. Não há como sentir culpa dizendo a verdade, mas o arrependimento de não a ter dito pode causar dores bem maiores do que aquelas vivenciadas nas zonas sombrias.

O recém-encarnado na faixa terrena deverá caminhar a passos largos e firmes para que nenhuma ventania o atrapalhe na sua jornada, prejudicando o raciocínio e levando a mente para a perdição.

A névoa poderá aparecer sorrateiramente no caminho dos residentes em regeneração apenas para sondar o nível de enriquecimento d'alma. Ainda, as interferências da jornada poderão ser assimiladas como conselhos e, em outros momentos, como diretrizes. O espectro em tratamento, no seu livro de vida na experiência terrena, é quem vai determinar a maneira como vai absorver tais interferências.

Fé no espírito, maturidade no saber, fervor no pedir e responsabilidade no agradecer serão as bases de aprendizado dos recém-enviados à Terra.

# Capítulo 26

A caminhada é lenta e não adianta apressar-se nos desígnios, pois a espiritualidade superior atenderá ao chamado dos residentes somente na hora certa. Os seres em experiência humana exercitam muito o pedir, mas nem sempre suportam o confiar e o esperar, em virtude das provas e expiações que deverão enfrentar nas faixas vibratórias.

Nem lembro do tempo, das horas, dos minutos, tampouco dos segundos de trabalho despendidos no campo de Dégora, porque o relógio é ferramenta utilizada no plano terreno e os planos necessitam de controle. O meu controle está na faceta consciencial; por ela eu me guio e observo as próximas tarefas a serem cumpridas com naturalidade.

As lamentações pela falta de sorte na vida é um despreparo lastimável dos seres em experiência humana ainda presos na sua própria escuridão. Ao agirem dessa maneira, eles dão munição às legiões corruptas para se abastecerem de armas letais e guiarem seus atos e pensamentos de maneira que sejam desviados do cumprimento do propósito. Os companheiros espirituais, Mestres das irradiações sutis, observam e respeitam o exercício de liberdade de escolha do caminho, uma vez que todos têm livre-arbítrio e as companhias são escolhidas por afinidades.

Ah, como seria precioso se as antigas experiências fossem lembradas por todos os invólucros reconstituídos, a fim de que cada ser em experiência humana tomasse ciência do que já vivera nas diversas dimensões do saber e soubesse acerca de todas as oportunidades permitidas ao nosso Ser. Mas... cada um carrega dentro do Eu fractal os resquícios de cada experiência e, aos poucos, dependendo da jornada escolhida, as revelações lhe são desvendadas por meio de um profundo mergulho infinito na consciência.

Simplificando as palavras, digo que você já habitou outras faixas vibracionais e em cada uma delas adquiriu equívocos cármicos e avanços de vitórias, como se participasse de um verdadeiro jogo de batalhas com muita artilharia para, primeiramente, combater a si mesmo e, em alguns momentos, rebelar-se quando tiver de cumprir os desígnios coordenados pela espiritualidade.

Caminhar pelo vale sombrio de lamentações é deixar de lado todas as intempéries das vidas pretéritas e entregar-se ao derradeiro plano da caridade. Os gametas enviados à Terra estão no início da jornada, em novas oportunidades de crescimento d'alma, porque nada é adquirido sem o justo merecimento e o aval dos Mestres coordenadores. Jamais esquecerei as palavras proferidas pelos Mestres André e Goia, que em suas palestras nos campos solares em Alvorada diluem o sofrimento com singelas palavras de conforto e amor.

Facilidade adquirida pela longa jornada das escolhas, algumas vezes difíceis de serem sustentadas pelos espectros, indecisos e duvidosos da capacidade inerente a todos. O corpo espiritual de cada criatura é algo indisponível para muitos e lançada aos olhos dos poucos auxiliares da espiritualidade, estes encarnados para equilibrar as densidades maléficas dos atos sombrios e prisioneiros em tratamento da escuridão na faixa terrena.

A espiritualidade permite que os espíritos moradores dos abismos e da escuridão mais assustadora reencarnem para resgatar a esperança de viver, a alegria em ajudar, o despertar das ilusões de antes para se manter na frequência do amor e no deleite nos estudos profundos da espiritualidade. São majestosas atitudes dos Mestres, cientes do que seja justo e cheios de amor infinito para com todos.

Cada compromisso acordado implica muitas tarefas de resgate e tantas outras de elevação espiritual. Afinal, a maturação do espírito deve ser buscada diariamente, minuto a minuto, porque o despertar para a verdade real é fantástico, e memorável será o reencontro com o livro de vida de cada ser em experiência humana, com páginas recheadas de saberes, lutas e superações.

"Desejo a paz para que ela resida em seu coração, desejo a luz para que ela seja a sua lamparina amiga em dias de escuridão, desejo amor para que seus lábios traduzam as verdadeiras palavras da espiritualidade, desejo caridade para que tudo seja feito com naturalidade e desejo alegria porque, sem ela, os dias ficam mais tristes e os compromissos, mais pesados."

Percebo que caminhar nos campos de Dégora está chegando ao fim e os últimos ensinamentos extraídos deste lugar devem ainda ser compartilhados. As legiões de Mestre Miguel estão sempre nos cercando com a potência segura do amor incondicional e os raios calibradores representam faróis de esperança para a continuidade da tarefa.

Aprendi que na estrutura envoltória corpórea, a firmeza garantida pelos balizamentos inteligentes executores dos propósitos, eivados de uma superconsciência, são essenciais para ressignificar a jornada com os encontros e desencontros de si.

A gratidão é o bálsamo disponibilizado diariamente para que o aprendizado possa ser internalizado e fixado na alma que anseia por novos saberes e por despertar o conhecimento adormecido.

A marginalização é coisa criada pelo próprio ser em experiência humana, separando o joio do trigo como já faz desde que aprendeu a viver em sociedade. As provações não passam de ditames regulares nas vidas terrenas; assim como a solidão, para muitos, é uma navalha que atravessa e fere o peito de forma impiedosa, dificultando a razão de agir. Dessa forma, a emoção fica latente aos olhos artificiais da sociedade.

Os pedidos equivocados para que o depois resolva muitas mazelas empurram o ser em experiência humana para abismos de si, em um jogo de negligência no cumprimento das tarefas merecidas. A contemplação pode ser um dos remédios necessários para aliviar as dores de "estar" e ainda não "ser".

Desde os primeiros capítulos deste livro, afirmo que o equilíbrio entre "ser" e "estar" é tarefa dos encarnados para que saibam utilizar as ferramentas já conquistadas para entender melhor o percurso real do aparente labirinto existencial.

Esse é o livre-arbítrio de que todos falam e cujo sentido real da palavra muitos ainda não entenderam. Nos planos sustentados por Alvorada, não há convicção nem certeza do absoluto, porque há construção das intenções reais unidas para propósitos afins. Por isso, o caminho a ser percorrido segue no fluxo natural do entendimento luminoso em trilhar de maneira a contemplar os atos, as palavras, os comportamentos, as experiências.

Não se apegue às verdades ditas absolutas, uma vez que o conhecimento é construído por meio de experiências contemplativas e que contribuem para alicerçar as verdades reais, separando-as das verdades ilusórias.

No caminhar contínuo, tudo deve ser aproveitado com moderação e sapiência, pois as boas atitudes e as proezas do plantio terreno serão destacadas em seu grande livro de vida.

Ó divina criatura! Tem o poder de mudar tudo, mas não faz força para se levantar da cadeira e pegar um copo de água que o seu vizinho pede... o que dirá levantar-se para lutar contra as investidas dos embusteiros e exercitar a caridade.

"A caridade vai até onde o outro permite."

Nunca esqueci essa frase que ouvi dos legionários Ascensos. O outro receberá a ajuda merecida e permitida, sendo que a você cabe a disponibilização de oportunidades para que antigos padrões energéticos, porém equivocados, possam ser redirecionados para o rompimento dos dutos alimentadores de atos e comportamentos, por exemplo.

O que falta para iniciar o plantio das verdades reais, banhadas na caridade? Os compromissos temidos, assumidos com a espiritualidade diante do exercitar das tarefas materializadas em locais especializados para tal, devem ser bem observados para que você possa enxergar que o compromisso é apenas com você mesmo e não com uma estrutura física. Esta somente o auxiliará a tranquilizar a mente, fortalecer suas certezas para continuar a sua jornada interior.

A grande sabedoria trazida para a faixa terrena é o aprendizado guiado por provocações em templos para a recondução do caminhar para a essência divina que cada ser em experiência encarnada detém com primazia.

# Capítulo 27

E por falar no outro... Nos campos de Dégora aprendi que vale a contemplação do amanhecer chegar, mas não vale o sofrimento do outro pelo sorriso na manhã chegada com pesar. Atravessar o caminho do outro é uma prática quase que constante nas diretrizes dessa vibração, não aceitando o aval e o conhecimento prévio do outro espectro enfermo.

Tudo é feito ao gosto do enfermo, porque, do contrário, a irritação sai em velocidade máxima, como uma flecha a atingir o outro num golpe certeiro. Nada é do seu gosto, mas tão somente do seu gosto. Parece confuso, mas a confusão faz parte do campo consciencial nessa faixa vibracional.

O campo consciencial saberá direcionar a conversa entre mim e o espectro enfermo para onde deve chegar, e o resultado dessa conversa será assimilado pela criatura enferma e ainda endurecida pelo querer fazer tudo nesse campo de provas.

Eu disse a um espectro em Dégora:

"Fazer o que quer é uma verdade, desde que tenha consciência do que esteja fazendo. Converse consigo mesmo várias vezes ao dia e você nunca mais se sentirá sozinho diante dos seus sentimentos. Nunca mais teve tempo para organizar as suas ideias, nunca mais olhou-se no espelho e viu quem realmente gostaria de ver... nunca mais... tanto tempo... não se lembra de quando. Essa é uma verdade que fere, mas tão logo é cicatrizada no peito, hoje em lágrimas e amanhã com força para continuar a batalha".

Ajude o próximo, mesmo que ele nem se lembre da sua atitude. Dê com uma mão sem que a outra desfaça o plantio. Faça de coração, pois de coração será retribuído pela paz que mora em seu Eu.

Não existe induzimento sem consentimento, porque, na verdade, você já estava propenso a fazer de acordo com a vontade e as palavras do outro, não com as suas. Caso a culpa apareça, por exemplo, o outro seria culpado. Foi o outro, sempre o outro, e você é a vítima da sua cilada. Quem na realidade está enganando quem?

Sempre o outro no comando da culpa e nada de aprendizado para você, sempre refém dos ditames implacáveis do seu soberano... a sua mente! Pondere a culpa em litros de sabedoria e sensatez, e todos acreditarão em você. Não caia na impostura para não alimentar sentimentos disfarçados de excesso de bondade e difíceis de serem diluídos por resgates planejados com breves leituras e tentativas de ressurgimento. A primorosa vida permitida à sua experiência humana deve ser aproveitada com decência, comprometimento, solidez, amadurecimento, saber, firmeza, paciência, indulgência, resignação, caridade, dignidade e com verdade.

"Aos justos os céus e aos indignos a escuridão." Que frase fajuta e egoísta! Muitos lançam esse julgamento na certeza de serem admitidos no rol dos justos e atiram os supostos indignos à fogueira dos abismos sombrios. Esquecem-se de levantar a cabeça e enxergar quantos níveis ainda têm para alcançar.

Por isso, enxergue a sua realidade e adquira méritos para alcançar seus objetivos. Inicie uma nova jornada ainda no encarne, encarando o outro ser em experiência humana como um possível reflexo da sua alma empobrecida.

A honradez no viver triunfará de forma primorosa diante dos desígnios implantados pelos Mestres, sem cobrar a execução de qualquer palavra, mas sempre na condição de orientação. Afinal, a espiritualidade é orientadora e não cobradora.

Nada existe sem um porquê determinado e sem respaldo da espiritualidade na busca pela elevação do espectro encarnado assistido. Os seres em experiência humana utilizam o raciocínio como uma ferramenta importante na jornada terrena, a fim de garantir-lhes passos sábios e firmes no cumprimento das verdades lógicas criadas.

Um dos conselhos primorosos que a espiritualidade dá é aplicar a paciência no caminho das experiências terrenas, observar e executar no momento inteligente, porque, no descontrole e na precipitação, muitas cabeças são direcionadas à loucura.

As negociações podem continuar, mas reavalie quem está sendo o seu fornecedor de ideias. Sempre há tempo para diminuir o ritmo das ideias e acelerar a compreensão justa de que os sábios aguardam com paciência. O despertar para coisas aparentemente lógicas, porém não diluídas em litros de sabedoria, faz o pensamento sadio viajar por intempéries malfazejas.

Os abutres obsessivos estão sempre na espreita de alimento para novos banquetes, e tenho a certeza de que não é do interesse do ser encarnado tornar-se a próxima refeição desses abutres. O relâmpago nada esconde quando a tempestade é de justiça; os bravos de coração devem ser lançados para o alto e os fajutos, rebaixados à mesmice cômoda de sempre. Mil ventos podem soprar, acompanhados de mil relâmpagos e ajudados pelos trovões. No entanto, nada servirá para a melhora do enfermo apodrecido no seu Eu, caso ele ainda não compreenda o sentido exato do bem viver na luz de sua própria consciência.

Amoldar-se às regras da espiritualidade não é baixar eternamente a cabeça e ser dirigido como um veículo desgovernado, mas saber para onde se está indo e ter livre acesso ao caminho que será percorrido com direcionamentos claros e equilibrados.

A dignidade de viver na sombra é uma certeza para os ali residentes, pois todos são merecedores de viver onde a realidade consciencial lhes permite até aquele momento. Os espectros enfermos clamam por solidariedade, gritam nos ouvidos dos Mestres para que recebam as vibrações de pedidos de socorro. A verdade existe na luz e na escuridão, é dosada de forma exata, acompanhada de pequenas quantidades de sinergia para cada necessitado.

Tudo faz parte da construção da realidade vivida e do sentir momentâneo de cada criatura, posto que nada é o que realmente parece ser e nada pode ser do jeito imaginado antes ou depois. As realidades são regidas pelo entrelaçamento de intenções que, por meio de ondas ressonantes, dinamizam a materialização do que os olhos conseguem enxergar e a consciência permite edificar em meio a frondosas atitudes.

# Capítulo 28

Declamo poesia e discorro longas histórias no meu relatório das experiências em Dégora, misturando palavras e formas de escrita para amenizar o sofrimento presenciado. Fico feliz pela tarefa a mim entregue e compartilhada com você.

O abandono é uma das primeiras observações em meus apontamentos, juntamente com as sutilezas comportamentais dos residentes. Naveguei pelos mares solitários dos espectros enfermos e observei várias embarcações pedindo ajuda bem próximo à lucidez, porém...

Os sentidos ainda estavam desativados por certezas irreais. Em alguns momentos, os enfermos acessavam níveis de radicalismo de sentimentos cujo abandono era o companheiro apropriado para suportarem a incestuosa companhia.

O devaneio da solidão afagava muitos residentes e aliviava outros descrédulos de si mesmos, inebriados de sentimentos perniciosos. Ninguém tinha condições de chegar até o seu verdadeiro Eu, porque eram submetidos às presas implacáveis de legiões densas e impiedosas.

Muitas justificativas e nenhuma resposta concreta saíam dos discursos dos espectros enfermos. Em alguns momentos a paz chegava e consolava as antigas frustrações, dando esperança para empreendermos passos de cuidado e de tratamento.

Observei que um residente sempre esperava do outro o que já sabia desde o princípio, esquecendo-se de que o outro era reflexo de sua verdade. Muitos foram corrompidos pelo medo e pela insanidade de suas escolhas, com a finalidade de aprenderem com simplicidade a sutileza da essência. Muitas armadilhas foram lançadas aos residentes de Dégora por abutres trevosos. Esses abutres nada mais eram do que buscadores de anfitriões para memoráveis banquetes de perdição durante a experiência terrena, para depois os conduzir à escuridão das zonas sombrias da consciência, presas em pesadelos de realidades.

Aquele que antes fora o residente divino, agora era o mendigo que clamava por compaixão nas encruzilhadas da vida encarnada. Em alguns casos, a promiscuidade mental se apoderou dos comportamentos, enquanto o equilíbrio fora jogado na lareira que queimava, aguardando o melhor momento para iluminar a lamparina do caminhar no propósito. O broto de espinho serviu para enfeitar a cabeça atenta às intempéries do agora vivido, na certeza de que a seiva da vida seria servida conforme o planejado. Planos e mais planos, sendo que o protagonista e o vilão eram os mesmos. O ser encarnado vindo dos campos de Dégora se atirava em qualquer direção, porque a autossuficiência era a bússola utilizada na navegação à deriva.

Segundo relatos raivosos, reuniões de tentativas de aprendizado direcionadas pelos tarefeiros não seriam necessárias se a espiritualidade já tivesse mostrado com maior clareza o que queria.

Mas... Não adiantariam as mensagens de despertar, quando as trevas dominavam os pensamentos pequenos do corpo físico certo da eternidade na experiência vivida. A certeza de alguns era fazer justiça com as próprias mãos diante das rejeições de filiação e da crença nas próprias incapacidades. Além da insistência contínua em mudar o outro na ilusão das garantias prometidas pelos abutres com penachos de bondade. Tantos na experiência do encarne, com o auxílio dos abutres, mudaram a capa envoltória para driblar o sentimento de culpa pela escuridão consciencial.

A negação em abrir os olhos para enxergar a realidade, quando o mais encontrado era o fechar os olhos para as certezas e despertar para a ilusão, prolongando a estada em níveis residentes do pesar d'alma. Tudo escrito nas verdades registradas nas entrelinhas do seu livro de vida.

"A relva se abre aos olhos de quem quer ver a realidade e aprimorar a saga do ontem entusiasmado pelo amanhã em Alvorada dos Sonhos. O despertar para o outro é coisa de sempre e não preciso tecer muitas palavras para chamar a atenção aos afagos da morte."

O excesso de confiança no outro foi responsável por trazer muitos a estes campos sombrios, fato que sempre lhes gerou desconfiança e sobre o qual nunca quiseram refletir verdadeiramente com calma e segurança. Na escuridão não há tempo de piedade, mas de muita compaixão e paciência pela evolução gradativa do enfermo desencarnado. Os acampamentos de repouso serão o destino dos resgatados pelas legiões de tarefeiros, coordenados pelos Mestres espirituais.

Registrei em meu relatório que a postura diante dos atos e eventos naturais da vida encarnada muito determina como será o comportamento na vibração do espírito, ainda preso aos pensamentos do Eu verdadeiro. As incertezas, dúvidas, indecisões e angústias prejudicam o agora sombrio vivenciado por meio das escolhas.

Na escolha, o ser em experiência humana confia todas as suas expectativas e pondera o "dever ser" no plano encarnado. Muitos o apoiarão e tantos outros tentarão confundir os pensamentos firmados na base das certezas construídas. Ainda, no desejo de melhoria da esperança no despertar para a fé, o ser encarnado poderá encontrar amigos esquecidos em ciladas provocadas pela astúcia imaginada e articulada sempre por leviandades acreditadas.

Viver no vácuo do pensamento leviano é um abismo aberto para encarar a verdade robusta que se apresenta como digna de luz. Seres em experiências com lamentações provocadas pelas dores d'alma, com vestimentas impensadas. O levantar das quedas provocadas pela confusão da mente se estabelece de forma gradual, um pouco hoje, mais um pouco amanhã; recupera-se daqui a pouco e assim se estabelece o anel de vitória da constelação de realidades, formada por você, por mim e vários outros anéis ao redor dos ensinamentos da espiritualidade.

Compreensão para alguns, hoje, e tratamentos para os eternos acusadores, amanhã.

Nada fica perdido aos olhos de quem vê o domínio do certo e enxerga as vaidades desnecessárias do cumprimento das tarefas no encarne. Sempre animado pela compaixão de hoje, acompanhado pelo inimigo de ontem e talvez arrebanhado pelo afago amigo do amanhã.

Ah! O amanhã pode demorar e até nem chegar.

O grito pela paz é sempre aumentado pelo despertar para a luta com os desafetos encarnados e formadores do círculo envoltório nos traços sincrônicos das geometrias curativas. O compacto da seriedade pode respaldar também o hoje vivido por cada um dos residentes, independentemente da faixa vibratória de aprendizado, desde que o cuidado com a língua surja de julgamentos pelo depois e por seus olhos cegos de clareza iluminada que transita diariamente à sua frente com rapidez e prudência.

O errado pode estar certo nesse momento e o correto pode estar errado no depois, mas a verdade é coisa imutável que não pode ser escondida, mesmo que as ressalvas sejam cautelosas e os pensamentos muito bem vigiados. Essa certeza acalenta vários corações buscadores de luz para as lamparinas individuais do saber e as dadivosas realidades do agora.

Sentir o caminho percorrido é sempre justo e perpetuado pela alvorada dos pássaros sadios e guardiões das radiosas faixas vibracionais internas, do mesmo modo que o pensamento vigilante ajuda a compreender os deveres inadiáveis e aceitar as falhas imperdoáveis. Chegar a esse ponto consciente não é fácil, mas, se aceito e acreditado, será muito bem assessorado pelos seres iluminados que cercam a palidez de pensamentos duvidosos.

# Capítulo 29

Após escrever o relatório da experiência presenciada nos campos de Dégora, despertei em Alvorada e entreguei a Mestre André, com muita alegria, tudo o que havia registrado e aprendido com os residentes naquela zona de escuridão.

A orquestra dos banhos de sóis em Alvorada me chamava para inebriar o meu espectro da mais límpida paz apoiadora da minha determinação no cumprimento das tarefas com honradez e lealdade. Aos poucos minha faceta luminosa unia-se aos veículos solares de anéis emissários de saberes e, juntos, assumíamos o compromisso de continuar o compartilhamento das experiências com os residentes da faixa vibratória terrena.

Os giros dos sóis em Alvorada pareciam festejar a entrega do meu relatório a Mestre André e todo o percorrido nessa colônia, em um ritmo frenético de felicidade, inclusive no acolhimento dos espectros enfermos. A paternidade e a maternidade uniam-se nos saberes aqui registrados como um despertar para o plantio de novas condutas, livres dos condicionamentos de comportamentos impostos por seres em experiência humana, calcadas apenas nos saberes de cada um e projetadas como referência a todos.

As verdades do masculino e do feminino, bem como do dever da procriação, são vigiadas pela estreita necessidade real, atentando-se para os seres em experiência humana sem a separação por castas. As experiências uterinas, os aprendizados interrompidos por escolhas de cada encarnado, os sonhos recepcionados e analisados diariamente pelas faixas espirituais para as comunicações com os encarnados... há muito a se aprender para a construção do saber infinito.

O entardecer das palavras vai chegando e o despedir para muitos vai deixar saudades de boa leitura. Muitos ainda ficaram em Dégora, acostumados à escuridão do seu Eu; nem sei quantificar em anos ou séculos, mas...

Cada um terá o que precisa para amadurecer diante de seus equívocos de percurso e cumprimento das tarefas guiadas pela equipe mestra da espiritualidade.

Não existem receitas para a boa aventurança na espiritualidade, basta ser realmente quem você é, agindo sempre primando pela verdade e pela sapiência dos atos, comportamentos, pensamentos e palavras. Nos últimos instantes deste livro, compartilhei um lado dos abismos sombrios com palavras acalentadoras, longe das agressividades que poderiam ser ditas pelos residentes enfermos, com a finalidade de despertar o amor incondicional e o despertar para a vida na faixa terrena.

É certo que o anoitecer se aproxima lentamente para esta leitura, mas tenho a certeza de que o resplendor da aurora sempre o acompanhará, dia após dia, numa lembrança grandiosa da nossa estada nos ensinamentos e certezas sabidas, refletidas com ponderação.

Cada ser fractual, em sua trajetória encarnada e desencarnada, vibra pela evolução da própria existência, sempre vigilante para que atitudes impensadas não sejam atiradas à perdição, festejada por abutres guardiões da escuridão. Andando pelos campos sombrios, pelos campos solares, pelos laboratórios espirituais, pelas zonas de recepção, pelas escolhas de nascer como se faz necessário, pelas relvas de aprendizado, compartilhei experiências para que você não caia nas intempéries das tentações existentes que sempre aparecem no caminho das escolhas.

Ainda, mostrei que os campos sombrios fazem parte de cada ser em experiência humana e não somente dos desencarnados presos nas desordens conscienciais. Por isso, o campo sombrio deve ser bem controlado, bem vigiado, bem conhecido, para não causar surpresas desagradáveis na vida escrita com tanto primor e seriedade, guardada nas bibliotecas espirituais.

Em verdade, gostaria de afirmar que a escuridão d'alma permanecerá sob controle apenas se a sua trajetória for plantada na caridade, no entendimento dos equívocos do próximo, na resignação, na indulgência, na paciência, no amor, no respeito mútuo, na inteligência garantidora de muitas ações coesas, na compreensão dos desígnios divinos, na execução das tarefas acertadas antes do reencarne, na escrita da sua história com verdade no livro da vida, sem ter de rasgar nenhuma página por vergonha ou descontrole...

Andando ao seu lado, nas escritas compartilhadas, fiz você refletir sobre o poder da sua luz refletida em meu Ser e penetrar as faixas vibracionais com iluminação incandescente, pois a luz mora em você e nela deve residir hoje e sempre.

Mestra Goia me ensinou que não importa por onde você ande, deve lembrar-se sempre de abraçar os vários seres em experiências diversas, salpicadas por angústias ou sentimentos sutis, uma vez que a frequência do amor deve ser utilizada de forma incondicional. As cápsulas, as fertilizações, os envios dos espectros das incubadoras espirituais serão direcionados às faixas necessárias para o melhor aprendizado de cada faceta luminosa, unida à Fonte Maior.

A certeza de que este é apenas o início majestoso de compartilhar aprendizados e registrar saberes faz com que eu tenha o impulso necessário para continuar a enviar trechos do conhecimento disponível nas bibliotecas espirituais.

Caros buscadores, sigam suas experiências sem posses de ninguém, aprendendo que na jornada na Terra o estado contemplativo faz você prestar atenção aos sinais de cumprimento dos propósitos firmados e acordados para ter exatamente a medida oportuna para viabilizar o "ser" e o "estar".

Aproveitem todas as oportunidades como encarnados e lembrem que os abismos existem somente para quem os procura. Não deixe que o dinheiro, a ganância e a incredulidade sejam seus mentores nessa jornada encarnada. O equilíbrio constante norteará o seu caminho na luz, acredite!

Deixo derradeiras palavras neste capítulo chamando a atenção para refletir sobre suas verdadeiras convicções e desígnios:

"Ó luz esplendorosa que nos envolve neste momento, faça com que todas as criaturas abarcadas por esta leitura sejam bafejadas por todas as pétalas do ensino e cheguem ao resplendor da consciência conduzidos por melodiosa orquestra. Jesus, divino Mestre, plante nos corações a semente do amor para que germine nos atos, palavras, pensamentos e comportamentos. Legião de Mestres iluminados, direcione seus raios curativos e de despertar diante dos giros luminosos de seus veículos salutares, riscando o céu com saberes e esperanças. Níveis de consciência, alcancem todos os seres em experiência terrena para que despertem do adormecimento e possam ser encorajados a cumprir as tarefas escolhidas.

Ó experiência digna de liberdade, atravesse as paredes translúcidas dos labirintos das realidades, colocando cada ser encarnado em sua dimensão real, bebendo da Fonte que lhes dará sustentáculo universal.

Divina Presença do Bem Maior, ponha firmeza no caminhar de todos, hoje, amanhã e sempre.

Assim seja".

A vida vai muito além do que você imagina. Nada pode ser digerido como antes quando se está em busca de moradas esplendorosas e guiadas por aprendizados repassados pela espiritualidade amiga. A inexatidão entre atitude e pensamento pode provocar desajustes inoportunos na construção da fé e da caridade na sua atual vivência. Aprender o significado dessas últimas palavras vai além de conceitos prontos e certezas ainda não alcançadas.

Seja verdadeiro consigo e todos respeitarão suas palavras coesas, unindo a frequência do masculino e do feminino no equilíbrio da sua experiência, deixando fluir os sentimentos da paternidade e da maternidade, independentemente de gestação uterina, na sinergia espiritual da tranquilidade de sua mente guiada pela coerência existencial.

Agradeço por acompanhar os saberes aqui registrados, e que você possa triunfar na certeza de sua estada temporária terrena com direcionamentos equilibrados diante das suas escolhas. A paz reinante em meu espectro abraça facetas da sua existência na frequência da unicidade de pensamentos.

Muita Paz!
Lucius.

Leia também:

Seleção das mais belas frases psicografadas por Chico Xavier, colhidas em vários de seus livros. Cada página fala com delicadeza e sabedoria sobre um tema específico: respeito, amor fraterno, solidariedade, paciência, compaixão, felicidade, cura... As frases escolhidas também abordam temas como sofrimento, dúvida... Este livro vai ajudar os leitores a celebrar os bons momentos da vida, e vai também confortá-los nos momentos difíceis.

"Defende-me contra o egoísmo para que a minha ternura não me transforme em prisão daqueles que asilaste em meus braços."

"Dores e dificuldades são nossas portas de iluminação e enriquecimento, se soubermos abri-las com entendimento e boa vontade."

Estes e outros pensamentos servirão como uma verdadeira fonte de inspiração para os seus dias. Chico Xavier apresenta neste livro um verdadeiro alento para a alma e esperança para enfrentar qualquer dificuldade. A edição ainda conta com prefácio escrito por José Carlos de Lucca, autor de *O jardim da minha vida*.

Importante obra para se ter sempre ao alcance, *Agenda cristã* apresenta um conjunto de valiosos ensinamentos sobre a conduta, a vigilância e a prudência do homem, sobretudo nos momentos difíceis da vida, com base nos ensinamentos do Evangelho do Cristo.

Em 50 capítulos, o espírito André Luiz traz a palavra sábia e amiga do plano espiritual, por meio da psicografia de Francisco Cândido Xavier, convidando a todos para a prática do bem e do amor ao próximo, além de prover conforto, orientação e preciosas lições para as situações do dia a dia.

MARCEL SOUTO MAIOR

## AS LIÇÕES DE
# CHICO XAVIER

*Para quem acredita e para
quem quer voltar a acreditar*

Planeta

"Quais as principais lições deixadas por Chico Xavier? O que mais me marcou? O que aprendi com a vida e com a obra dele? Hoje sou menos cético? As respostas para as perguntas que costumam me fazer em palestras e entrevistas estão aqui neste livro. São lembranças e descobertas que me acompanham e que divido agora com vocês espíritas e não espíritas como eu, nesta espécie de diário, coletânea de lições. Existe vida depois da morte? Não importa. 'O que importa é esta vida. Esta vida já dá trabalho demais.' Palavras de Chico Xavier, quando se aproximavam dele para pedir informações sobre vidas passadas ou provações futuras. O importante – e difícil – é saber viver aqui e agora."

**Acreditamos
nos livros**

Este livro foi composto em Fairfield LT Std 45 e impresso pela Geográfica para a Editora Planeta do Brasil em agosto de 2022.